The Delicious
Marriage Of Fox

狐君的美味良缘

♥巧乐吱 著♥

R 天津出版传媒集团
天津人民出版社

图书在版编目（ＣＩＰ）数据

狐君的美味良缘 / 巧乐吱著. -- 天津 ：天津人民
出版社，2016.3（2020.3重印）
　　ISBN 978-7-201-10154-5-01

　　Ⅰ．①狐… Ⅱ．①巧… Ⅲ．①长篇小说－中国－当代
Ⅳ．①I247.5

中国版本图书馆CIP数据核字(2016)第040074号

狐君的美味良缘

HUJUN DE MEIWEI LIANGYUAN

巧乐吱 著

出　　版　天津人民出版社
出 版 人　刘　庆
地　　址　天津市和平区西康路35号康岳大厦
邮政编码　300051
邮购电话　（022）23332469
网　　址　http：//www.tjrmcbs.com
电子信箱　reader@tjrmcbs.com

责任编辑　玮丽斯
特约编辑　李　黎
装帧设计　杨思慧
责任校对　落　语

制版印刷　三河市华东印刷有限公司印刷
经　　销　新华书店
开　　本　660毫米×960毫米　1/16
印　　张　16
字　　数　159千字
版权印次　2016年3月第1版　2020年3月第2次印刷
定　　价　42.80元

CONTENTS 目录

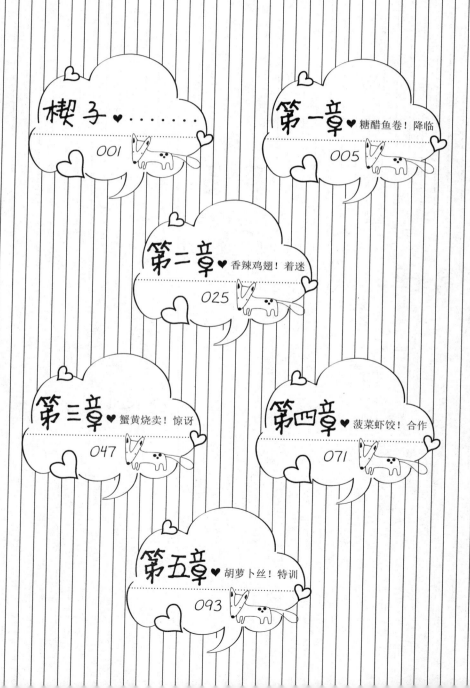

CONTENTS 目录

一间整洁明亮的屋子里，充斥着一股诱人的香气。没错，那是各种食物散发出来的足以勾得人食指大动的诱人的味道……

原木餐桌上，摆放着各式各样的让人垂涎三尺的美食，有香甜可口、奶香十足的核桃拿破仑酥，白中透绿、清淡鲜香的莲藕翡翠虾饺，以及色泽金黄、嫩滑可口的奶油鸡肉卷……每一样，都足以让人口水长流。

可是比起这些美食，屋子里更诱人的却是两个美色——长相美丽得让人雌雄莫辨，足以让许多美女黯然失色的银发少年；俊美妖异、玩世不恭、像从漫画中走出来的人物一般的少年。

他们每一个走出去都足以秒杀那些当红的国际影帝影后，足以让众多怀春少女大声尖叫，为之疯狂。

可此时此刻，两个人却不约而同地放弃了桌上诱人的美食，怒目而视。

"你说什么，妖族美食祭？"银发少年嘴里还塞着一只莲藕翡翠虾饺没来得及咽下，尽管如此，却丝毫也无损他像开屏孔雀一般的美貌。

"望舒，你疯了吗？那是妖族美食祭啊，你居然想带冰菓那个蠢货去参加？"

　　"我可不认为，一边贪婪地吃着别人用心做的美食，一边诋毁做这些美食的厨师是孔雀族小王子应该干的事！"冷冷地瞥了一眼银发少年，名叫望舒的少年一边将桌上的食物全部抢到自己面前放下，一边毫无形象地翻了一个白眼，"还有啊，第一，冰菓她不是蠢货；第二，谁说妖族美食祭，冰菓就不能参加了？"

　　"可冰菓只是一个凡人。"眼见着到口的美食就要泡汤，银发少年越发恼羞成怒，"这几千年来，你见过哪个凡人参加妖族美食祭的？望舒，别以为你是狐族小王子就可以为所欲为了。你再这样胡来，小心我找你父王告状。"

　　"如果你这么做，我可不敢保证你还能不能顺利回到妖族。"眼睛微微眯起，望舒毫不在意地耸肩一笑，似乎根本没把银发少年的威胁放在眼里，"镜无心，我劝你还是不要多管闲事。"

　　"啧啧，我们的狐族小王子似乎恼羞成怒了。"雌雄莫辨的美丽容颜微微一笑，便足以诠释"倾国倾城"四个字的真谛。

　　银发少年的攻击性似乎和他的美貌成正比，嘴里一点儿也不肯示弱："难不成……你是喜欢上冰菓那个丑丫头了？"

　　"胡说八道。"眼中飞快地闪过一抹异色，望舒的语速很快，语气却有些外强中干。

　　"我也觉得你不可能喜欢那个又丑又胖的丫头。"身为孔雀族的王子，镜无心的骄傲、自恋和臭美，绝对是一般人无法比拟的。一切长得没有他漂亮的，无论男女，都只配从他口中得到一个评价——那就是

"丑"！因此，此刻他一点儿也不怀疑望舒的诡法。

"更何况，那个丑丫头喜欢的是她的偶像青石而不是你，所以，望舒啊望舒，你就死了这条心吧。"

"这世上，就没有我望舒做不到的事！"

琥珀色的眼眸蓦地一黯，不知是为他们口中的丑丫头冰菓不能参加"妖族美食祭"，还是因为镜无心的那句"她不可能喜欢你"。但随即，望舒的眼中又闪过一道势在必得的耀人光芒。

嘴角浮起一抹微笑，他像宣誓一般，一字一句地说道："等着瞧吧，镜无心，我会让你知道什么叫奇迹的！"

1

夏日流火，热辣辣的阳光泼洒在地面上，把院子里的茉莉花叶都晒卷了。沸腾的蝉鸣此起彼伏，仿佛在向人昭示这是它们的地盘。一只在树荫下打盹的猫似乎忍受不了它们的吵闹，懒洋洋地睁开眼，弓了弓身子，优雅地朝屋子里走去。

空调房里，一个眉目清秀、皮肤白皙滑腻、带着点儿婴儿肥的女生正一边趴在吧台上聚精会神地看着一本漫画书，一边享受着一碗自制的蜂蜜红豆水果刨冰。

将一小碗冰块打成碎冰，加入自制的蜜红豆、切成小块的新鲜菠萝和西瓜，再浇上香甜的蜂蜜和炼乳，一碗酸甜可口、清凉解暑、色彩缤纷的红豆刨冰就大功告成了。

用勺子舀了一勺刨冰送入口中，女生半眯的眼微微带笑，像弯弯的月牙儿，那神情，似乎有着十分的惬意和十二分的陶醉。

"冰菓……冰菓……"一个圆球以迅雷不及掩耳之势冲了进来，携着一股灼热的气浪，惊得蜷缩在空调下打盹的猫咪十分不满地抖了一下胡须，发出示威般的叫声。

冰菓懒洋洋地看了来人一眼，才慢条斯理地说道："郑球球，什么时候你才能不这么风风火火、一惊一乍的呢？"

"废话少说，快跟我走。"郑球球扬了扬手中的宣传单，急不可耐地说道。

"去哪儿？"冰菓埋头继续和碗里的红豆刨冰作战，连抬头看一眼郑球球的兴趣都没有。

看着那碗卖相极佳的蜂蜜红豆刨冰，郑球球忍不住咽了咽口水。然而下一秒，她却挣扎着移开视线，一本正经、神秘兮兮地说道："跟我走，你自然就知道了。"

身为青梅竹马的发小儿，冰菓对郑球球十分了解。能让身为超级吃货的她放弃美食的诱惑，这个原因就值得深究了……

冰菓挑了挑眉，终于暂时舍弃了手中的美食，抬起头来正眼瞧了郑球球一眼："说吧，你是不是瞒着我做了什么不可告人的事情？"

"也没什么，就是……人家替你报了个民间厨艺大赛的名而已！"郑球球讪讪一笑，包子一样白白胖胖的脸上堆满了讨好的笑容，眼底却没有看见哪怕一丝丝的后悔和歉意。

"不去！本姑娘早已深藏功与名……"冰菓的头摇得跟拨浪鼓似的，答得斩钉截铁，"再说了，这大热天的，我不待在空调房里享受我的美食和漫画，反而跑去受罪，你当我脑子真的生锈了吗？"

"可是，美食大赛上有各地的特色美食。"见冰菓不上钩，郑球球立

马抛出撒手锏，"虽然只是民间厨艺大赛，可自古高手出自民间，你就不想去见识见识？"

"这……"

郑球球不愧是冰菓的知己，一出手就制住了冰菓的死穴。

对冰菓来说，这世上唯美食和漫画不可辜负。一想到各路民间高手云集，大展身手，各派特色美食齐齐亮相，冰菓的眼睛就忍不住发光。

"可是……我还要看店呢。"

冰菓叹了口气，朝里屋某个缩在角落里酣然大睡还不忘记抱着个酒瓶的身影看了看，眉宇间刚刚燃起的光彩，已瞬间化为了黯然。

臭老爸，坏老爸，又喝得烂醉如泥！害她连心仪的美食大赛都不能去参加。

"没关系，现在已经放暑假了，学生们又不会来上课。再说了，你看看这鬼天气，还有几个人会出来吃东西的！"身为死党，郑球球当然深知她们家的状况。

冰菓的爸爸在圣锦中学旁边开了一家小小的饭店，因为厨艺不错，所以平日里回头客还是蛮多的，生意虽说不上多火爆，可也足够父女俩的小日子过得挺滋润的了。

当然，这一切的前提是冰菓爸爸不喝酒。身为一个资深的酒鬼，冰菓爸爸一旦陷入醉酒状态，对冰菓和小饭店来说。那绝对不亚于一场劫难。

醉酒的冰菓爸爸就像变了一个人似的，成天浑浑噩噩，不是偶尔玩一出"消失记"，就是躲在一旁呼呼大睡。偶尔半醉半醒之间，做出来的菜品质量也是参差不齐，美味时惊艳得让你恨不得吞掉舌头，难吃时也不是一般的难吃，害得顾客对他又爱又恨，纷纷向冰菓投诉。

为这，小小的冰菓没少吃苦头。替老爸收拾烂摊子，已经成了冰菓的家常便饭。但也正是如此，才让冰菓小小年纪，便练就了一手不俗的厨艺。这样的冰菓，既让郑球球感到心疼，又让她打心眼里感到骄傲——她要是个男生，一定要把冰菓娶回家，让她给自己做一辈子的美食。

"安心，叔叔待会儿酒醒了，自己会照顾店里的。"郑球球的目光略带不满地瞥了瞥角落里那个醉眼蒙眬的身影，继续再接再厉地诱惑，"冰菓，你可知道这次民间厨艺大赛是谁主办的？我告诉你，是'青尚美食集团'。听说你的偶像青石还会来客串当评委呢！你难道就不想见到你的偶像吗？"

"啊，你说什么？青石！"方才还在摇摆不定的冰菓在听到"青石"两个字后，瞬间双目放光，从吧台里跳出来，一把拽住郑球球肉肉的小手，那动作敏捷得堪比动物园的猴子，笑容灿烂得像迎风摇曳的狗尾巴花，"青石啊，那个帅气得媲美明星的美食天才青石啊！我朝思暮想的偶像青石啊！我怎么可能错过这千载难逢的大好机会！"

"那还等什么？赶紧走吧！"闻言，郑球球一把抓住冰菓的手就往外走。

"可是……"冰菓兴冲冲地向前走了两步，才到大门口，又蓦地想起了什么，"还是不行……球球，你又不是不知道我的刀工……根本就不及格，怎么可能去参加比赛！"

说起来，在厨艺方面颇有天分的冰菓同学有一个少有人知的致命弱

点——那就是她能做出各种各样的美食，可刀工差得离谱。也就是说，她做出来的食物味道是不错的，可是卖相就……相当欠佳了。

所以平日里就算帮爸爸掌勺，可配菜什么的，全是冰菓爸爸准备好的现成的。再加之小饭店里来来往往都是些普通人，平时只重味道不重卖相，所以冰菓从来没将刀工不好当回事。

直到此刻她才知道功底不扎实的痛苦！

早知今日，她当初一定不会因为着迷漫画，而偷懒不跟着爸爸好好练习基本功了。

冰菓悔不当初，郑球球却拍着胸脯信誓旦旦地说道："放心吧，菓菓，有我呢！"

身为一个资深吃货，郑球球怎么会放过压榨冰菓的机会呢！所以一有空，她就会逮住冰菓给自己做好吃的。而同样身为资深吃货的冰菓，也乐于研究各式各样的美食。

当然，坐享其成是不可能的，所以郑球球就成了给冰菓专打下手的小伙计，冰菓讨厌的刀工，她也一并承包了。久而久之，竟也让她练就了不错的基本功。

"咱们双剑合璧，必定马到功成，一鸣惊人。"

冰菓半信半疑地瞟了一眼郑球球——不是不信她的基本功，实在是这家伙的前科太多。冰菓真怕郑球球待会儿看见美食就走不动路。一不小心就把自己卖了！

"以我的人格和节操保证！"什么是死党？死党就是只要冰菓一个眼

神，郑球球就会明白她心中的担忧。

"那我就姑且再信你一回吧。"冰菓对郑球球早已丢到爪哇国的节操和人格，实在没有什么信心，却架不住美食和偶像的诱惑，"郑球球我警告你啊，这次你再敢拖我后腿，我就……我就再也不做好吃的给你了。"

"安心。"郑球球举起手再次信誓旦旦地保证，"菓菓，我可是你的死党，你再这样不相信我，我可要伤心了。"

"伤心你个大头鬼，待会儿见到了美食，你还有时间伤心吗？"冰菓翻了一个白眼，双腿却早已诚实地大步向前……

美食大赛，我来了！青石，我来了！

2

两个小时后——

冰菓发誓，她要是再相信郑球球，老天就罚她下辈子变成……变成一个厌食症患者，看见美食都不能享用！

她就是个不折不扣的大笨蛋，大傻瓜！用脚趾想也知道，郑球球的节操在美食面前一文不值，人格也早就喂了狗了！

可她偏偏该死地相信郑球球的话，现在好了，骑虎难下了！

看着料理桌上的一堆食材，冰菓简直是欲哭无泪……

她掏出手机，拨通了郑球球的电话。欢快的铃声瞬间淹没在鼎沸的人声中。

该死的郑球球，你倒是给我接电话啊！

冰菓朝台下望去，黑压压的围观人群里，压根儿找不到郑球球的身影，哪怕她已经胖得像个球了……

该死的，这家伙一定是被第一方队参赛选手的美食吸引了！她不过是让郑球球去找主委会拿点儿食材，却一去不见踪影……

身旁有食物的香味随风飘来，眼看着其他参赛选手已经开始有条不紊地做菜了，冰菓内心焦急得像有十万个蚂蚁在爬一样，却又无法丢下手中食材去找郑球球——按美食大赛的规定，比赛一旦开始，参赛的主厨一旦离开参赛台五分钟，就算自动弃权。所以这一次，她被郑球球坑苦了……

到底该怎么办呢？

冰菓看了看料理台上活蹦乱跳的鳜鱼，只觉得一个头比两个大。偏偏这时，还有一阵阵如苍蝇般嘈杂的议论声传入她的耳朵——

"你们看，那个小姑娘在干吗呢？怎么半天都不动手啊？"

"没错没错，人家都开始了，这姑娘还在发什么呆呢？"

"不会是什么都不会，来捣乱的吧？"

"现在的年轻人啊，明明不懂还滥竽充数。虽说这是民间组织的，可浪费食材、浪费主办方的心血也是不道德的。"

你才捣乱呢，你全家都捣乱！

你才滥竽充数呢，你全小区都滥竽充数！

冰菓咬咬牙，跺跺脚，把心一横——死就死吧，虽然刀工难看了一些，但总比站在这儿什么都不做、丢人现眼的强！

冰菓今天要参赛的菜品是"糖醋鱼卷"，本来杀鱼剔骨切片这种粗活，是轮不到冰菓亲自上阵的，可现在识人不清的她也只能勉为其难地赶鸭子上架了。

没吃过猪肉，还没见过猪走路吗！

冰菓心一横，眼一闭，"啪"一刀下去，鱼头和鱼身顿时一分为二。

万恶的郑球球，我一定不会放过你的。

摸了一把溅在脸上还带着鱼腥味的血水，冰菓在心里已经将郑球球诅咒了十万八千次有余。

接下来该怎么做呢？冰菓一边仔细回忆老爸处理鳜鱼时的情形，一边手忙脚乱地将鱼去鳞去尾，开膛取出内脏。

老爸说鱼片应该片成一寸五分长、一寸宽、一分厚的长方形……可是救命啊，这对她来说简直是天方夜谭嘛！

"啧啧……这刀工，简直不敢恭维！"

"就是嘛，就这破手艺，还不如我好呢，也敢来丢人现眼。"

"小妹妹，赶快回家玩游戏看漫画去吧，别来浪费我们的时间了。"

冰菓恨不得堵住耳朵，不去听台下那些或嘲讽或叹息的议论。

好容易处理完整条鱼，冰菓已经恨不得挖个地洞钻进去。

这些奇形怪状、惨不忍睹的东西是什么鬼？说好的长方形鱼片呢？

无颜见江东父老的冰菓恨不得立刻消失到外太空去，台下上千双监督的眼睛却告诉冰菓，无论如何她都要坚持下去。

好在最难的一关已经过去，剩下的程序，冰菓就得心应手了。

将鱼片加入料酒、精盐各少许腌制十分钟后，冰菓将腌制好的鱼片平铺在长条盘里，再裹上香喷喷的火腿条、新鲜的芦笋条卷成细长的卷，和鱼头鱼尾一起裹上蛋清和淀粉糊，下锅炸至金黄色捞出，摆成一条完整的鱼形。再将油锅烧热，下蒜片、香葱、番茄粒、洋葱粒和青椒粒爆出香味，加入鸡汤、糖、醋、盐、茨汁翻炒，糖醋茨汁就新鲜出炉了。将糖醋茨汁浇盖在鱼身上，一道酸中带甜、鲜嫩可口的糖醋鱼卷就算大功告成。

闻着扑鼻而来的香味，冰菓白嫩的脸上终于露出了久违的笑容……

"咦，这香味……是从哪里传来的？"

"不会是……快告诉我，我眼花了！"

"你好像没眼花，真的是你想象的那样呢。"

台下传来一阵阵不可思议的议论。他们像打量外星人一样打量着冰菓，仿佛根本不相信眼前的美味是出自她的手一般。

"香味倒是蛮勾人的，可是这卖相……啧啧，你们确定这道菜真的好吃吗？"

冰菓在一片质疑声中骄傲地笑了。论卖相，也许她的糖醋鱼卷真的不及格，可论味道，她冰菓敢拍着胸脯保证——那一定是棒棒的！

这可是她用心做出来的美食，怎么会不好吃呢！

一想到自己的偶像即将吃到这道美味的糖醋鱼卷，冰菓的心情就美得快要冒泡。

要是偶像夸她，她会脸红的……可不可以趁机签个名、合个影呢？

"菓菓……菓菓……"冰菓正想入非非，郑球球上气不接下气的呼唤伴随着一阵狂热的尖叫将她从幻想中拉回现实，"来啦，来啦！裁判们来啦……"

来你个大头鬼！姑娘我需要你的时候你消失得无影无踪，不需要你的时候你倒是出现了，郑球球，这笔账我要是不和你算，我冰菓的名字就倒着写。

冰菓咬牙切齿地撸起衣袖，正准备和郑球球秋后算账，却被人群中的口哨声和尖叫声吸引。她顺着郑球球手指的方向朝台下望去，只一眼，便觉得心跳陡然漏了一拍，紧张得无法呼吸。

"球球你看，那是青石！他本人比杂志上长得还帅呢！"早将算账大业丢到爪哇国的冰菓瞬间一副"舍我其谁"的模样，"球球，球球，快掐掐我。我真的没有做梦吗？"

被人群簇拥而来的男生，玄色衬衫、亚麻色长裤将他的身形衬托得完美无缺。黑色的碎发安静地覆盖在白皙的额头上。飞扬的眉毛，浓翘的睫毛，一双紫瞳深邃而诱人，面容更如阿波罗一般俊美无俦。尤其是他浑身上下散发的高贵、优雅而冷漠的气质，更是叫在场的女生垂涎三尺，男生嫉妒发狂。

"青石不愧是你的偶像。你看看，这气势，就是在国际大明星面前也不逊色呢。"见危机暂时解除，郑球球不由得暗自松了一口气，一边不着痕迹地拍着冰菓的马屁，一边悄悄地吐了吐舌头。

都是美食惹的祸，害得她又一次放了冰菓的鸽子。只希望青石的到来，能让冰菓心情大好，忘记刚才发生的那些小小插曲。那她就可以逃过

一劫啦!

"那当然。我们家青石一定是最棒的!"冰菓骄傲地扬起雪白的下巴,目光死死地跟随着评委台上的青石移动。

"呜呜,我们家青石皱眉了。十五号参赛者的菠萝咕咾肉味道一定不怎么样。"

"二十号的奶汤鲍鱼好像也让我们家青石不太满意……"

"天啊,三十二号参赛者的东坡肉看起来色香味俱全,你们家青石居然把它给吐——掉——了——这简直太暴殄天物了吧!要不要这么挑剔啊……"郑球球捶胸顿足,恨不得冲上前去和青石抢夺美味。

"也许是东坡肉太腻了呢?"眼看着青石离自己越来越近,而被他评判过的参赛者,基本上都像被霜打了的茄子一样垂头丧气的。冰菓的心就像小鹿乱撞一般七上八下,半是忐忑,半是期待,"嗯,肯定是这样的。我们家青石是谁?是'青尚美食集团'的继承人,什么样的美食他没有见过?吃多了山珍海味,口味挑剔也是情有可原。一般人的食物,自然也难入他的法眼。"

"菓菓,你就不担心吗?"眼见着青石又成功而残酷地打击了一个参赛者,大步朝她们的料理台走来,郑球球不由得有些担忧起来。

"担心什么?我相信自己的厨艺,也相信青石的眼光。"据说想要征服一个男人,必须先征服他的胃。冰菓坚信,凭着自己高超的厨艺,青石迟早有一天会拜倒在自己的石榴裙下。

才说到一半,冰菓的话却戛然而止。

参赛场地本是由"青尚美食集团"提供，到处都充斥着中央空调散发的冷气。可此时此刻，在这双极富压迫性的紫眸下，冰菓光洁的额头居然冒出了丝丝冷汗。

"看来，你的自信心很足嘛。"一个像小提琴一般丝滑醇厚的声音在冰菓耳畔响起。虽然没有抬头，冰菓却能明显地感受到那种自上而下挑剔的打量目光。

"我……"这一刻，冰菓明明有很多话想说。她想告诉青石，她偷偷关注他好久了，她知道他的生日他的星座他的一切喜好。她想告诉青石，这份糖醋鱼卷，是她特意为他用心烹饪的。她知道他爱吃鱼，喜欢糖醋味，所以才特意选了这份菜作为参赛作品。可是不知为何，所有的话在出口的瞬间，竟悉数化作了一句："我当然相信我的厨艺！也相信它一定不会让你失望的。"

该死的冰菓，你的口才呢？你就不能委婉一点儿，谦虚一点儿吗？

说完那句话冰菓就后悔了。

"有自信心的确是好事。"青石不着痕迹地点点头，嘴角微微上翘，露出一抹讥讽的笑，"可是这位同学，你能先告诉我，你做的到底是什么玩意儿吗？"

挑剔的目光从冰菓的脸上漫不经心地滑落到糖醋鱼卷上，青石漂亮的紫眸里，写满了不屑和嘲讽："就凭这样的刀工、这样的卖相，你也敢来参加美食大赛。这位同学，你的自信心未免也太过膨胀了吧……"

"刀工不好，未必代表味道不好。"见自己用心做出的美食，被自己

的偶像如此贬低，冰菓只觉得鼻子一酸，眼里有雾气氤氲。

下一秒，她却咬了咬唇，倔强地抬起头，以柔弱却固执的姿态辩驳道："身为一个美食评判，连品尝都没有品尝过就妄下论断，青石同学，哦不，青石裁判，你未免也太武断了吧？"

"武断？"青石微微躬身，靠近冰菓，浅浅的呼吸如羽毛般划过冰菓的颈脖处，带来一种酥酥麻麻的痒。然后，他以只有两人才能听到的声音挑衅地说道，"就算是武断又怎样？这位同学，所谓美食，应该色、香、味俱全。吃这样的垃圾食物，我觉得是对我味蕾的侮辱！"

青石如恶魔般邪恶一笑，光洁而修长的手指端起盛放糖醋鱼卷的青花缠枝瓷盘，向身后的半空中扬起一道流畅的弧线。

下一秒，他掏出一方洁净的毛巾，像沾染了什么细菌一般，用力地擦拭了手中的汤汁之后，才漫不经心地说："所以，这样的食物不尝也罢……"

将毛巾朝身后随意一扔，青石大步朝前，看也不看早已呆若木鸡的冰菓，继续朝下一个料理台走去……

3

与此同时，台下拥挤的人群中，一个清冽如甘泉般的男声暴躁地响起。

"该死的，是哪个浑蛋乱扔东西？该死的，砸到你家大爷我了！"

人群中，暴跳如雷的少年白衣白裤，如同漫画中走出来的人物一般不食人间烟火。俊美得没有一丝瑕疵的容颜，妖异而魅惑的琥珀色双瞳，完美得就像造物主恩赐一般的五官让他哪怕大发雷霆，依然无损他的美貌与气质。

当然，如果他手上不是端着一盘糖醋鱼卷，脸上不是挂着一些菜汁，这画面就更加完美了……

"噗……"站在他身旁的另一个一头银发，容颜美丽……没错，美丽！虽然说用"美丽"这个词语来形容一个少年不太恰当，可这个少年这种雌雄莫辨、惊心动魄的中性美，是对这两个字的最好诠释。

美丽的银发少年似乎有些幸灾乐祸，见他这样，忍不住笑出声来："没想到堂堂狐族小王子，也会落得今天这个下场。哇哈哈哈，看来这趟人间之行，真是不虚此行呢。"

"镜无心，你不说话没人当你是哑巴！"如同漫画里走出来的少年冷冷地瞟了一眼镜无心，深邃而迷人的琥珀色眸子里，是赤裸裸的威胁之光，"信不信我马上打包把你扔回妖族，让你再也笑不出来。"

"哼，就知道威胁人。"镜无心撇了撇嘴，一张美貌而妖艳的容颜上写满了不甘、不屑却又不得不臣服在某人的淫威之下的无奈，"我说的难道不是事实？"

"你懂什么，这叫虎落平阳被犬欺。"尽管处境难堪，漫画少年身上却丝毫不见狼狈之态，他露出一抹骄傲、自信又充满气势的笑，"哼，最好不要让我逮到那个乱扔垃圾的小子，否则，我绝对会让他吃不了兜着走的！"

　　"我说我的望舒小王子殿下，我怎么不知道你从什么时候多了一项收集垃圾的嗜好呢？"被威胁的镜无心显然十分不满某人的暴政，于是不顾死活地继续再接再厉地落井下石，"都说是垃圾了，你还端着那盘菜恋恋不舍地做什么？难道你真的指望在这个什么见鬼的民间美食大赛上找到你想要的东西？我说算了吧，你都尝了一天的垃圾食物了，难道还不死心吗？"

　　"哼，我的事不用你管。"被称作望舒的漫画少年骄傲地瞪了一眼镜无心，正准备扬手将手中的糖醋鱼卷扔到垃圾桶里。下一秒，一滴糖醋鱼卷的汤汁沿着他挺拔的鼻尖蜿蜒而下，精准地滴落在他完美的嘴唇上……

　　"等等！"灵巧的舌尖在粉色的唇上轻轻一舔，望舒琥珀色的眼眸瞬间半眯起来，飞快地掠过一道复杂的光芒，"这味道……"

　　"看，我就说很难吃吧！"见状，不怕死的镜无心同学继续发挥他花样"作死"的精神。

　　"你懂什么！"缓缓地阖上眸子，望舒脸上浮现出一种似惊喜，似享受，又似不可思议、难以置信的复杂神情。

　　片刻后，他蓦地睁开眼眸，不顾形象地从盘子里抓起一块糖醋鱼卷送入口中，细细地品尝着，似乎是在求证什么一般："没错，就是这个味儿！镜无心，就是这个味儿……"

　　"看你的样子，这道糖醋鱼卷难道很好吃吗？"见他一副享受的模样，旁边有个穿着裁判服的男子忍不住咽了咽口水，有些难以置信地问道，"可是刚才青石小少爷明明把这道菜扔了。"

　　"青石是吗？原来那个暴殄天物的家伙叫这个名字。"嘴角浮起一抹嘲讽的笑，望舒眸底闪过一道复杂的光芒，"很好，这两个字我记下了。说起来，我还得感谢他呢……"

看着某人那越来越明显的魅惑笑容，不知为何，镜无心总觉得他的"感谢"二字，蕴含着不能细想的深意……

一边将手中的糖醋鱼卷递到那个裁判手中，望舒的目光一边在参赛台上搜寻着什么，嘴里还不忘冷笑道："至于这道菜到底好不好吃，你自己尝尝不就知道了！这世上，总有那么一些有眼无珠的人，只知道以貌取人，呃……不，只知道以貌取物的。"

裁判接过糖醋鱼卷，半信半疑地尝了一口。下一秒，裁判眼中也闪过一道半是惊艳，半是疑惑的光芒："这味道……"

这道"糖醋鱼卷"的味道，比起它的卖相来说，绝对算得上惊艳。虽不敢说一定是这次众多参赛者里的第一，可也绝对算得上上乘之作了，但为什么刚才青石小少爷尝也不尝就将它扔了呢？

难道仅仅是因为它的卖相欠佳吗？

可之前那些参赛者的菜品，也有一些卖相和味道都不错的作品，却同样被青石小少爷贬得体无完肤。

难道说，天才的要求总是要高人一等吗……

这样一来，到底什么样的卖相和口味，才能满足青石少爷啊？

裁判和身旁的同事对视一眼，然后有些困惑地摇了摇头，似乎有些茫然。

见状，望舒冷笑一声："哼，蛇鼠一窝。原来你们这些愚蠢的凡人，都是有眼无珠的。"

　　说罢，他不再理会周围陷入困惑的裁判们，推开众人就要朝参赛台上走去。

　　"你在找什么？"和望舒一起活了三百年，镜无心难得看到他急不可耐的模样，见状，他哪里肯放过这个千载难逢的良机，于是连忙一把抓住他的衣袖。

　　"放手——"眼见着某道圆润的身影黯然而落寞地穿过人群，离自己越来越远，望舒忍不住低咒道，"该死的镜无心，把你的臭爪子拿开。"

　　"放了也可以，可是你总要说清楚你在找什么，我才好帮你一起找对不对？"镜无心耸耸肩，面上一副被人冤枉的委屈模样，心底却早已悄悄地乐开了花。

　　哼哼，望舒啊望舒，我不管你在找什么，总之，小爷我才不会让你那么容易如愿呢！

　　"镜无心，我警告你！"眼见着那道圆润的身影彻底地消失在自己的视线之中，望舒妖异的琥珀色眸子里，"唰唰"射出无数道冷得足以杀人的眼刀，也不知他用了什么巧劲，居然轻轻松松就拂开了镜无心紧紧拽住他的手，"我不管你在打什么主意。可是有一点你给我记住了——我这次来人间是什么目的，你一清二楚。所以我提醒你，千万不要踩小爷我的底线，否则——哼，后果自负！"

　　"望舒，我的小伙伴。你在说什么呢？我怎么一点儿都听不懂……"美貌的容颜面不改色，镜无心似乎根本没听出望舒言语中的警告之意，笑得就像开屏的孔雀，那叫一个花枝招展。

"哼！"似乎十分了解他的德行一般，望舒扔下这句警告，就再也不理会叽叽喳喳的镜无心，却反手一把拽住身旁某个裁判的衣领，指着方才冰菓刚刚离开的参赛台问道，"我问你，刚刚这道糖醋鱼卷，是不是从这个参赛台扔下来的？"

"放……放肆！"见自己被一个少年轻轻松松制服，裁判顿时有些恼羞成怒。他本想大发雷霆，却不知为何感到四周有一种无形的压力将自己包围。

眼前这个容貌俊美得近乎妖异的少年，看起来明明和青石少爷一样年轻，可浑身上下散发出来的那种"王霸之气"，却让他这个成年人情不自禁地想要臣服于他，顺从于他。那种无形的压迫力，明明不显山不露水，却骇得他差点儿说不出话来。

这气势，甚至比青石少爷还有过之而无不及。难道，也是哪个大家族出来的少爷？

这么想着，某个倒霉裁判身上的怒火已经消失得无影无踪。他顺着望舒手指的方向看了看，然后飞快地点头答道："没错，就是那个参赛台。我记得是个和您一般大小的小姑娘来着。哦对了，她的名字好像叫……叫冰菓……"

因为青石少爷刚才的举动，他特别留意了一下少女的胸牌，没想到居然派上了用场。

冰菓？

望舒半眯了一下眼，满意一笑，随即轻轻地松开倒霉裁判的衣领，从

他手中抢过那盘"糖醋鱼卷"拈了一块扔进嘴里。

"既然你们都不识货，那这盘糖醋鱼卷就归我了。"望舒大快朵颐地享受着手中的美食，一副人畜无害的吃货模样，哪里还有刚才那种骇人的"王霸之气"！

呃……这风格的转换，也太快了点儿吧？

从压迫的上位者到不顾形象的吃货，不过一秒钟的转换。这演技，足以媲美奥斯卡影帝了。

倒霉的裁判满头黑线地揉了揉眼睛，有些疑惑地瞟了一眼翻脸比翻书还快的望舒，看着他瞬间将一盘糖醋鱼卷吃得干干净净，还一副意犹未尽的模样，心中忍不住生出一点点困惑——难道……刚才是他眼花了不成？

下一秒，他却发现望舒朝着冰菓离开的方向微微一笑，露出志在必得的表情。

冰菓是吧？嗯，这真是个人见人爱、花见花开的好名字……

所以，亲爱的冰菓同学，等着我吧！我望舒——狐族的小王子，很快就会找到你的。你就等着接招吧……

1

盛夏的炎热尚未褪去，热闹的开学季已经来临。

远远的，冰菓就看见自己所在的二年级一班门口被围了个水泄不通。

这是发生什么大新闻了吗？

冰菓有些困惑有些好奇地加快了脚步，离教室门口还有两三米的距离，女孩们如麻雀一般叽叽喳喳的议论声已经悉数传入她的耳朵。

"依琳，依琳，快掐掐我，我真的没在做梦吧？还是说我一大早就眼花了？"

"呜呜呜，我做梦也没想到，自己居然真的会有和帅哥同居……呃不，同班的一天……这简直是太好了！"

"哦，天啊，难道是我的诚心感动了上帝？真的是天赐帅哥啊，而且一来就是三个！"

"凭什么啊？这太不公平了！为什么这些转学生都分到了一班？这一定是黑幕！黑幕！"

在一堆或惊喜或痴迷的声音中，冰菓精准地捕捉到一个带着强烈幽怨的熟悉而亲切的声音。

"球球，这是怎么回事？"

帅哥、转学生，还三个？难道她错过了什么？

冰菓成功地将圆滚滚的郑球球从拥挤的人群中拖了出来。

"呜呜呜，菓菓亲爱的！"一见到她，郑球球就双目放光，仿佛见到了什么绝世美味一般，一个"饿虎扑食"，差点儿将她扑倒在地，"亲爱的，我们最要好了对不对？你最爱我了是不是？"

"说人话！"冰菓毫不留情地将郑球球缠在她身上的"爪子"扒拉开，然后以迅雷不及掩耳之势跳到离郑球球三尺外的安全地带，这才不紧不慢地说道，"说吧，这一次又有什么有求于我的？"

"讨厌！你要不要这么了解人家啊……"郑球球跺了跺脚，娇羞得像朵在风中摇曳的狗尾巴草，"我果然没看错人，你不愧是我的死党！"

"少来，你那些友情攻势对我是没用的。"冰菓揭穿了郑球球，毫不留情地将她的企图扼杀于萌芽状态，"郑球球，你再不说我就走了。"

"菓菓，我们换班吧。"见冰菓拔腿欲走，郑球球连忙一把抓住她的手，讪笑道，"呜呜呜，我要加入你们二年级一班的行列，我要看帅哥！"

"郑球球同学，你发烧了吧？"冰菓摸了摸郑球球的额头，甩给她一个"我懒得理你"的眼神，再一次将郑球球的少女芳心砸成了玻璃碎片，"药不能停啊！"

"菓菓，你太无情太无义了。"

"那也总比某人无理取闹要强。"将再度扑上来的郑球球拨到一边，

冰菓转身留给她一个无情的背影，"郑球球，你可别忘记了暑假美食大赛的事。你现在可还是戴罪之身呢！所以啊，你还是乖乖的，最好不要让我想起某些不愉快的事……"

"恐怕你不想起也不行了……"咬了咬唇角，郑球球对着冰菓的背影小心翼翼地嘀咕了一声。

"你这话……似乎有什么深意？"前进的步伐戛然而止，冰菓转身看着郑球球，眉头微挑。

难道……

莫非……

这些转学生……

一个念头如流光般在冰菓的脑海里一闪而过，她摇了摇脑袋，想要将这个匪夷所思的念头甩出脑海："郑球球，快告诉我，不是我想的那样。"

"可事实就是你想的那样……"郑球球扯了扯唇角，如小媳妇般怯怯地笑道，"菓菓，你的偶像转到咱们学校来了，还好巧不巧的，和你一个班……"

冰菓顿时丧失了语言能力。

青石转到她们班，和她成了同班同学！

如果在今天之前，有人和她说这句话的话，她一定会觉得是天方夜谭。可此刻，当天方夜谭变成了现实，冰菓发现自己竟有些手足无措。

该怎么描绘此时此刻她的心情呢？

忐忑？惊吓？惊喜？期待？又或者，兼而有之？

一时间，冰菓的思绪有些混乱。

她浑浑噩噩地从后门绕进教室，坐到自己的座位上。讲台前方，有三道挺拔、俊朗的身影被人群围了个水泄不通。

那里面，明明有一个让冰菓心心念念不能忘怀的人，可这一刻，不知为何，冰菓不敢抬头去看他的身影。

天啊，她到底该怎么办才好？

美食大赛早已过去，这些日子冰菓尽量不让自己去想那件糗事。如今好容易将之抛到脑后。可她万万没想到，新学期一开始，老天就给了她这么大一个惊喜。

或者，说是惊吓更为贴切？

她该如何去面对青石呢？

厚着脸皮上去打招呼，还是小心翼翼地夹着尾巴做人？

要不，干脆假装不认识？

冰菓还在神游太空，一阵热烈的掌声将她拉回了现实。

"好了，大家既然已经认识了三位新来的同学，那么希望以后大家能和新同学团结友爱、互帮互助。如果有谁欺负了新同学，我可是不依的！"讲台上，被同学们私底下称为"老修女"的，向来古板严肃的班主任一反常态侃侃而谈，脸上的笑容都快能开出朵花儿来，似乎十分满意这三个从天而降的帅气插班生，"那么，现在新同学入座吧。"

目光在教室里飞快地扫视一番之后，班主任的视线落在了冰菓的身

旁："青石同学，你和冰菓同学同桌吧。至于望舒和镜无心同学，你们就坐冰菓后面那桌好了。"

班主任话音刚落，教室里顿时传来了一阵清晰的吸气声。

"这是什么狗屎运啊？三个美男都和她分到了一起！"

"人家不要，人家也要和新同学同桌！"

"谁叫只有冰菓那里有空位子啊……"

"呜呜呜，老师，你这心也偏得太厉害了点儿吧？好歹也要分一个给我们啊……"

各种抱怨、羡慕、嫉妒的声音统统地被冰菓的大脑拒之门外，她脑海中一片空白，甚至连呼吸都停止了下来。

一定是她出现幻听了吧……老师竟然让青石和她同桌？

天啊，她该怎么面对他？上次美食比赛时，在他面前，自己已经没有任何面子了……

其实她本应该怨恨他不品尝食物就贸然评判的，但是，冰菓后来又想了想，糟糕的食物造型的确会让人提不起胃口，是她本身厨艺存在缺陷，而青石……

他只是太严厉了吧……

她忍不住找着理由，这样，被青石毫不留情批评的心才会好受一点点。

可现在，青石竟然要成为她的同桌？

冰菓觉得自己从来没有这么矛盾过——能和自己的偶像成为同桌，固然是一种幸运，可是谁来教教她，她到底该怎么面对青石才好？

"报告老师。"如山涧清泉一样纯澈的男声将冰菓从矛盾中解救出来，并成功地吸引了她所有的注意力，"我视力不怎么好，可不可以申请和青石同学换下位置？想必，青石同学是不会介意助人为乐的吧？"

男生微微侧着头，笑得一副人畜无害的模样，那双如琉璃一般明亮的眸子，闪烁着迷人的琥珀色光芒，将他那张完美得没有一丝瑕疵的容颜，衬托得更加夺目。

"真是帅呆了！"

"哪有，明明是我们家青石帅一些！"

"不不不，你们都错了，那个镜无心才真的是美艳绝伦啊！我打赌，如果他是女生，一定会迷倒一大票男生，咱们学校的校花，也一定非他莫属。"

简直是一群超级祸水！

不过是一个侧面的微笑，已经让底下的女生们争论不休。冰菓可以预见，以后二年级一班的日子，绝对是热闹非凡了……

一边暗自腹诽着，冰菓一边摇了摇脑袋。

不对，这不是重点！

重点是，这家伙目光如炬，哪里像个近视眼了？

还有，班主任到底会不会因为他的话，就改变自己的决定呢？

冰菓突然觉得自己有些紧张。她偷偷地瞟了一眼讲台上的班主任。

班主任忍不住皱了皱眉头，瞥了瞥身旁漫不经心的青石。

"我随意。"青石耸了耸肩，意味不明地笑了笑，语气轻松得仿佛在谈论与自己毫不相关的事情一般。

他果然是不在意的吧！

意料之中的反应让冰菓忍不住失望地笑了笑，心里说不清是酸楚还是别的一些什么。

"既然青石同学没有异议，那你们俩就换换位置吧。"见状，班主任终于一锤定音，让座位之事尘埃落定。

不知为何，本该失落的冰菓蓦地轻松了不少。

或许，对她来说这样才是最好的结果吧。既能离自己的偶像近一点儿，又不用担心该如何面对他……

露出一抹自嘲的笑，冰菓全然不知，此刻自己落寞的表情落在一双琥珀色的眸子里，让那人眸底闪过一抹深思和兴趣盎然的光芒……

"嗨，冰菓对吗？很高兴认识你。"俊美得如同漫画一般的琥珀眼眸少年径直走到冰菓身边，毫不客气地将她身旁的位置据为己有。不知是不是冰菓的错觉，她总觉得他把自己的名字咬得重重的，明明是很平凡的两个字，却在他的喉间生生婉转出几分缠绵的味道。

"自我介绍一下，我叫望舒。以后咱们就是同桌了，还请冰菓同学多多照顾。"

琥珀色的眸子半眯着，笑得像只狡猾的狐狸，一双指节修长、光洁如玉的手伸到了冰菓的面前，带着三分试探，三分友好，还有几分说不清道不明的意味……

"无事献殷勤，非奸即盗。"冰菓身后传来一声冷哼。那声音虽然不大，却轻易地被冰菓捕捉到了。

　　"镜无心，你不说话没人当你是哑巴。"望舒依旧笑眯眯的，可是眼眸里蕴含着凌厉的警告。

　　"难道……你们俩早就认识？"根据两人说话时语气的熟悉程度，冰菓推测出一个让人略微惊讶的事实。

　　偷偷地瞟了一眼身后的青石，冰菓发现他手里捧着一本书，低着头坐在自己的座位上，似乎完全沉浸在自己的世界里，不知是太过用心，还是压根儿就不关心几人的对话。

　　"喂，我说冰菓同学，你也太无视我了吧？我的手都快举酸了……"将修长的手在冰菓面前晃了晃，望舒并没有回答冰菓的问题，看向冰菓和青石的目光却又多了一份兴味，"难不成……你不欢迎我成为你的同桌？还是说……你在怪我……"

　　"怎么可能！"担心他说出什么让人难堪的话语，冰菓连忙皮笑肉不笑地握住他的手，扯了扯唇角露出一个不怎么发自内心的笑容，"我求之不得，荣幸之至呢！"

　　殊不知，她的这种表现，落在旁人眼里就成了别的意味。

　　"你们看你们看，冰菓居然和望舒同学握手了！凭什么啊？这太不科学了！放开那个帅哥，他是我的！"

　　"拉倒吧你，人家这是近水楼台先得月。有本事你也成为望舒的同桌。啧啧，你瞧瞧冰菓笑得那副痴迷的样子……真是倒足了胃口。"

　　"哼，有什么了不起。瞧她那胖嘟嘟的样子，就算成为同桌，人家望舒也不可能喜欢她的。她不过是癞蛤蟆想吃天鹅肉，痴心妄想而已。"

你才痴迷呢，你全家都痴迷！

你才癞蛤蟆呢，你全小区都癞蛤蟆！

冰菓欲哭无泪，却又辩无可辩。她用力地挣了挣，想要摆脱望舒那双牢牢钳制住她的手掌。可望舒像施了什么法术一般，任凭她用尽了全身力气，依然纹丝不动。

这该死的妖孽！

望着依然对她笑得人畜无害的望舒，冰菓忍不住在心中绝望地咆哮——

老天，你这哪里是从天而降的艳福？根本就是从天而降的祸害嘛！

还一降就是三个！

天啊，以后她该怎么活？

2

清晨，冰菓在悦耳的鸟鸣中醒来。洗漱完毕之后，冰菓先从冰箱里拿出早已包好的鸡茸虾仁小馄饨煮熟，再以高汤打底，撒上一些碧绿的葱花和盐，再点上两滴香油，一顿鲜香可口的早餐就新鲜出炉了。

馄饨皮薄馅大，汤汁咸鲜可口，再加上碧绿的葱花漂浮其上，这顿早餐不仅好吃，还赏心悦目。一时间，冰菓食欲大开，居然把汤汁都喝了个干干净净。

吃完早餐之后，冰菓看了看钟，发现时间尚早，又从冰箱里拿出鸡翅解冻腌制。

因为老爸的小饭店在重新装修，所以这段时间冰菓只能在学校解决自己的午饭。可是学校食堂的饭菜味道实在不怎么样，向来不愿意亏待自己胃的冰菓决定自制午餐。

将腌制好的鸡翅下油锅炸至金黄色，再加入姜、葱、蒜、耗油、料酒、糖、小青椒丝一起爆炒，添高汤把鸡翅焖到酥烂之后起锅，和汤汁一起浇在刚刚煮好的新鲜米饭上，装入保温饭盒。

再取出一根腌黄瓜，切成指甲大小的碎块儿，滴几滴红亮亮的辣椒油和手磨麻油，撒一小撮干贝拌匀了，装入饭盒中，冰菓的午餐就大功告成了。

"好香啊。"冰菓刚刚准备出门，一个圆球一样的身影已经以和她身形绝对不相匹配的速度"滚"了进来，"真是赶得早不如赶得巧。菓菓亲爱的，一定有我的份对不对？"

郑球球眨巴着她水汪汪的大眼睛，像讨食的小狗一样可怜兮兮地看着冰菓。

"去去去，你这个讨债鬼。"冰菓点了点她的额头，又是好气又是好笑，"我真是上辈子欠了你的。"

"呜呜呜，菓菓你真是太残忍了。我已经没了美男相伴，你忍心让我连美食都没了吗？"郑球球瘪了瘪嘴，作委屈状。

"你都不知道，我们班的女生都在羡慕你们班的女生。居然可以天天和三个帅哥共处一室，简直是艳福啊！尤其是你！菓菓你知道吗？你已经在学校出名了。她们说你天天左拥右抱，享尽齐人之福。大家对你简直是

羡慕嫉妒恨呢！据说，有外班的女生放言，只要你肯和她换班换座位，让她付出什么样的代价都可以。"

"艳福你个大头鬼！"一边用剩余的鸡翅给郑球球做了一个香辣扒鸡翅盖浇饭，冰菓一边翻了一个大大的白眼，"你替我转告她们，谁要是愿意，我可以不要任何代价和她互换位置。当然，前提是学校得同意才行。"

那些女生们，以为她是天降艳福呢！

可是天知道，她最近这几天简直生活在水深火热之中……

不可否认，望舒、青石和镜无心的确是万里挑一的美男子。

望舒俊美狡黠，脸上常年挂着一副人畜无害、骗死人不偿命的笑容，且嘴甜又会哄人，将一帮女生哄得团团转，是三个人中最具女生缘、人气最高的一个。

可是见识过他和镜无心相处的冰菓却深知，尖酸、刻薄才是这家伙的本质。一旦他开启损人的模式，那绝对是常人望尘莫及的。

而青石俊朗清冷，对人疏离，总是一副游走于尘世之外、超凡脱俗的模样。但也正是如此，他很快吸引了一帮死忠粉丝。她们说，像望舒那样甜言蜜语的男生，是花花公子的典范，看似对谁都好，其实对谁都不好。只有青石这样看似冷漠疏离、不假辞色的，一旦对你好了，才是真的好！

为此，两个人的粉丝争吵不休，甚至为了谁才是"第一校草"而差点儿大打出手。

当然，有着足以傲视世人的美貌、美得雌雄莫辨的镜无心，也有着属于他的一批粉丝。不过和望舒、青石一样，镜无心对所谓的"第一校草"

压根儿无动于衷。

根据短短几天的观察，冰菓得出一个略微有些惊人的结论——除了对和望舒唱反调感兴趣外，镜无心的生活便只剩下自恋……

没错，镜无心是个自恋得令人发指的家伙。

不知是不是冰菓的错觉，她还隐隐地觉得，这个将自己的美貌看得高于一切的男生，似乎对她有着一种似有若无的敌意。也不知是有意还是无意的，有好几次，冰菓都感觉镜无心在针对自己。

可是不应该啊……

冰菓发誓，在这之前她甚至从未见过镜无心。那么，镜无心对她的敌意到底是从何而来呢？

冰菓百思不得其解。

可是比起镜无心似有若无的敌意，让她更头痛的却是女生们的排挤和孤立。

不过短短几天时间，原先对她还算友善的女同学们，如今个个对她开启了冷漠、无视、嘲讽的大招。

不就是为了几个美男，至于吗？这简直是欲加之罪嘛！

虽说她的确很喜欢青石没错，可是，她对那个狡猾得像狐狸一样的望舒以及自恋臭美得像只开屏孔雀一样的镜无心，绝对没有什么非分之想。可偏偏，没有人愿意相信她。

所以说，什么天降艳福都是骗人的。她就像个偷嘴的猫，明明没有吃到鱼，还惹得一身腥。如果可以，她才不要卷进这风暴的旋涡中心呢！

"为了美男，我们要发扬一不怕累，二不怕苦，三不怕流血的精神。"冰菓的讽刺，听在郑球球的耳朵里就成了赤裸裸的炫耀。朝冰菓扮了个鬼脸，她十分鄙视地说道，"冰菓同学，你这简直是身在福中不知福。你需要认真地检讨和反省一下自己！"

"你说得没错，我的确需要检讨和反省自己。"冰菓忍住内心的咆哮，一本正经地点了点头，"所以我决定从今天起开始闭门思过。作为死党，你是不是应该支持我这么高的觉悟呢？"

"当然！"郑球球不疑有他，重重地点了点头。

"那么，最近你就不要来打扰我了。"朝郑球球挥了挥手，留给她一个欢快的背影，冰菓强忍住心中的笑意说道，"嗯，就这么愉快地决定了。郑球球同学，请以你最虔诚的心态，等着我涅槃出关的一天吧！"

"不要啊，菓菓。我知道错了……你不要对我这么无情好不好！"身后，传来郑球球充满怨气的哀号，"我美味的午餐盒饭，我可口的点心小吃……你们都即将离我远去。呜呜呜，菓菓，你怎么可以这样对我……"

不这样对你，都不足以平本姑娘心头之怒。

郑球球这个重色轻友的家伙。为了几个帅哥，居然连她们的友谊都不顾了。不给她一点儿小小惩罚，怎么足以让她想清楚她该站在哪一边呢！

3

小小惩罚了一下死党的冰菓，心情十分愉悦。可是她的愉悦只维持到了教室门口，就再也维持不下去了……

透过洁净的玻璃窗户可以看到，平日里无人问津的座位上此刻被围了个水泄不通。

人群中央，望舒左右逢源、如鱼得水地和女生们交谈着什么。俊美容颜上那人畜无害的笑容，在阳光的照耀下显得有些过分得刺眼。

该死的，又把她的座位给占了！

她上辈子到底是做了什么错事，这辈子才会和望舒成了同桌？

一时间，冰菓站在教室门口进退两难。

算了，还是找个角落躲一躲，静待上课吧。

冰菓几乎可以预见，如果她现在进去，一定会成为众矢之的的。

这么想着，冰菓转身就走。刚抬脚，身后却传来一个隐含着浓浓笑意的男声："菓菓早，我等你好久了。"

菓菓你个大头鬼！

就算不曾回头，可冰菓依然能感觉到身后那齐刷刷朝她射来的足可以杀人的眼刀。

谁说红颜才是祸水的？像望舒这样俊美的男生，也绝对是祸害啊！

冰菓十分不甘地转身、回头，露出一个皮笑肉不笑的笑容："呃，大家早上好。那啥，我还有点儿事，你们先聊。"

"菓菓怎么走了？是嫌弃我们霸占了你的位子，所以生气了吗？"轻描淡写又略带委屈和无辜的一句话，让准备脚底抹油溜之大吉的冰菓如同中了定身咒一般，再也无法挪动脚步分毫。

天啊，这个家伙，完全是故意的吧！赌一根黄瓜，如果此时此刻她转身走了，不用等到明天，她绝对会成为全班女生的公敌。

冰菓心中暗恨，面上却笑得像朵迎风摇曳的狗尾巴花："怎么会呢，开什么玩笑。大家喜欢在我的座位上聊天，是我的荣幸呢！"

"哼！"众女生齐齐冷哼，一副算你识相的表情。

"咦，菓菓。你手上提的是什么？"侥幸逃过一劫的冰菓还没来得及松口气，一旁笑得人畜无害的某人已经再接再厉地发难。

"呃……这是我的午餐。"众目睽睽之下，冰菓自然没办法将保温盒凭空变走。可是望舒那双充满了算计，还略带了几分期待的眼眸在提醒着她——这家伙，一定是在打着什么如意算盘。

一边警惕地打量了望舒一眼，冰菓一边将饭盒悄悄地往自己的身后挪了挪。

"是菓菓亲手做的吗？"望舒眼前一亮，琥珀色眸子里的光芒又耀人了一些。

"没错。"看着望舒如同猎人看见猎物一样的目光，冰菓警惕地点点头，后退两步，心中已然发狂。

这家伙，葫芦里究竟卖的是什么药啊？害她心里七上八下的，总是有一种不祥的预感。

"菓菓，亲爱的菓菓，你真是个善解人意、体贴入微的好姑娘！"果然，下一秒望舒已经穿过人群，以矫捷得不可思议的步伐来到了冰菓面前，"我不过是无意中提了一下食……"

这个祸害，是嫌她的日子太好过吗？

冰菓心中警铃大作。

预料到他接下来会说什么，她灵机一动，以迅雷不及掩耳之势抬起脚尖，然后重重地踩了下去……

"嘶……"望舒倒吸了一口冷气，俊美的容颜微微扭曲，可那双琥珀色的眼眸里不见痛楚，反而有一丝若隐若现的笑意飞快地一闪而过。

"哎呀，对不起，望舒同学，我不是故意的。"计谋得逞的冰菓脸上露出既诚恳又惶恐的表情，心底却早已忍不住乐开了花。

哼，让他故意整她！

不管他出于什么目的，她都不会让他得逞的！

得意中的冰菓丝毫没有注意到，望舒狡黠的眸子里一闪而过的……奸计得逞的笑意。

"没关系，我大人大量，就不和你计较了。不过……菓菓是不是该给我点儿补偿呢？"望舒低下头，以只有两人才能听到的声音轻声说道。

补偿？补偿你个大头鬼！

冰菓决定，无论如何也不能签这种丧权辱国的不平等条约。

可是这个该死的家伙老是挡在她面前，不让她回到座位是什么意思？

"冰菓同学，上课铃响了，大家可都在看着我们呢。"两人正僵持不下，一阵清脆的上课铃声划破清晨碧蓝的天空蓦然响起，"再过两分钟，老师也会来……"

老天，赶快派个道士来收了这个妖孽吧！

　　冰菓心里恨得咬牙切齿，奈何势不如人……再加上她和望舒之间的姿势实在太过暧昧，暧昧到她能明显地感觉到一道道想要杀人的目光。

　　"当然，这都不是重点。"见她还在挣扎，望舒索性使出撒手锏，"重点是……"清朗纯澈的声音故意拖得长长的，带着一点点调侃的意味，"青石同学马上也要来了……你说，如果让他看见……"

　　"成交！"恨恨地瞪了无比得意、志在必得的某人一眼，冰菓终于妥协，签下了自己生平以来的第一份丧权辱国的不平等条约……

　　4

　　"亲爱的冰菓同学，下课了，你该回神了……"因为不知道望舒葫芦里到底卖的什么药，几乎一上午，冰菓都在因为那份丧权辱国的不平等条约而走神。直到一个清润如玉的声音将神游太空的她唤醒，冰菓这才回过神来。

　　"呃……下课了吗？"冰菓抓起保温盒和书包，准备溜之大吉，"谢谢提醒，那啥，我还有事，先走了。"

　　既然探不清敌人的虚实，就应该避其锋芒，走为上计，而且眼角余光中，她瞟到青石已经走出教室门外了……

　　等等，青石同学，等等我……

　　"冰菓同学，你走可以，可是你给我做的爱心便当，可别忘记留下啊。"一双笔直修长的大长腿如拦路虎一般挡住了冰菓的去路，阻断了冰菓望眼欲穿的视线。

指了指冰菓手中的保温盒，望舒眼中垂涎的光芒让冰菓顿时有些欲哭无泪。

难不成，这家伙费了半天心机，就是为了她的午餐？

"啧啧，都做起爱心午餐来了。有些同学啊，真是太不自爱了。"

"可惜啊，咱们是没这份心机，要不然，哪里轮得到她啊……"

望舒的话音刚落，几个围着他尚未离去的女生已经纷纷冷嘲热讽开来。

这个该死的祸害，是嫌她死得不够难堪吗？

"这不是大家想象的那……"冰菓跺了跺脚，想要解释。

却听见望舒压低声音，以只有两人才能听到的声音说道："别忘了早上咱们的约定。"

罢了，谁叫自己丧权辱国，签了不平等条约呢！

最重要的是，冰菓确定，如果今天她不满足他的要求。接下来她的日子会越发举步维艰。

赌一根黄瓜，这个妖孽绝对会变着法子折磨她。所以，不过是一个便当而已，就当是喂了路边的流浪小狗吧。

一念至此，冰菓释然一笑。

俊美帅气的某人，在她心中已经瞬间化为了一条脏兮兮的流浪狗。

"好吧，愿赌服输。"一边将保温盒递给望舒，冰菓一边摆出一副心痛不舍的表情，"既然这样，那今天这份便当就归你了。"

将"今天"二字咬得重重的，冰菓恨恨地瞪了望舒一眼，似乎在提醒

他，仅此一次，下不为例。

望舒不置可否地笑了笑，几乎是有些迫不及待地接过便当盒，打开，低头嗅了嗅："是香辣扒鸡翅盖浇饭啊。嗯……就是这个味……"拿起筷子夹起一块鸡翅，望舒像个贪吃的孩子一般，贪婪地大快朵颐起来。

"鸡翅口感细滑，味道浓郁，酥软入味，还带着一点儿青椒独特的辣味和清香。饭粒饱满晶莹，带着浓郁的汤汁。再配上香辣爽口的腌黄瓜，这道香辣扒鸡翅盖浇饭，简直好吃得快要把舌头吞掉了……"

"真的……有这么好吃吗？"看着望舒近乎贪婪的吃相，教室里的同学们几乎是异口同声地发问道。

不过，说出的话虽然一模一样，可语气差了十万八千里。

怀疑、鄙视、难以置信，这是女生们的集体心声……

跃跃欲试，想要分一杯羹的，是站在旁边垂涎三尺的镜无心……

惊喜、忐忑、略带不安的，则是冰菓自己。

不是冰菓不相信自己，实在是上次青石给她的打击太大了，让她一度对自己产生了怀疑。

尽管死党郑球球再三强调，这不是冰菓的问题，而是青石有眼无珠，以貌取人……郑球球还信誓旦旦地保证，如果青石敢尝一口她做的食物，保证他会爱上的，可冰菓还是半信半疑。

刚才将爱心午餐让给望舒的时候，冰菓本是极不情愿的，却没想到居然会得到他如此高的评价和肯定。这让她惊喜之余，又带了几分忐忑不安："你真的没有骗我？"

"本王……本帅哥像那种说谎的人吗？"一边不着痕迹地扯开与镜无心的距离，望舒一边忍不住丢给冰菓一个白眼。

这小妮子，对自己也太没有信心了吧！

望舒像孩子一般护食的动作，引得冰菓一阵莞尔。

好吧，看在他如此喜欢自己所做的食物分上，她决定，不那么讨厌他了！

"望舒，你确定吗？"被美食和好友同时抛弃的镜无心突然冒出了一句莫名其妙的话语，美艳无双的脸上，还带着几分凝重。

"我确定以及肯定。"琥珀色的眼眸半眯着，望舒陶醉在美食中的模样，引得一旁的女生又是心动又是气恼。

"我还是不信。"咽了咽口水，镜无心以迅雷不及掩耳之势蹿到专注于美食的望舒身后，成功地从望舒的饭盒中"偷"走了一块鸡翅，"所以作为朋友，我决定屈尊帮你鉴定一下。"

"滚蛋！"被偷袭成功的望舒身上顿时散发出一股杀气，他半眯了眼，冷冷地警告道，"镜无心，我警告你，离我的美食远点儿。"

镜无心耸肩一笑，并不理会望舒，只专注地啃起鸡翅。冰菓发现，就算是啃个鸡翅，他的动作也十分完美，优雅动人得近乎自恋。

可是在吃了两口之后，他停止了自己的动作，目光复杂地看向冰菓。那双狭长的凤眸里，带着几分说不清也道不明的深光，还有一些若隐若现的敌意。

又来了，又来了！

再一次捕捉到这种敌意的冰菓简直是欲哭无泪。

明明是啃个鸡翅而已，怎么也会出现这种状况呢！

冰菓正纳闷身后却传来一道道足以杀人的目光和愤愤不平的议论声。

"我不要活了。你们看你们看，镜无心居然用那种眼神看她。难不成，他也和望舒一样，因为她的美食爱上了她？"

"我看她就是个巫婆。嗯，没错，一定是她在食物里下了什么药！"

"一个望舒也就算了，如今又加上一个镜无心。赶明儿她是不是想连青石一起俘获了。这个冰菓，简直太过分了！"

"癞蛤蟆想吃天鹅肉。痴心妄想！等着吧，我一定不会让她得逞！"

如苍蝇般嗡嗡乱叫的议论声让冰菓顿时头痛无比。

天啊，她就知道，望舒和镜无心都是妖孽、祸害！

不行，为了她的小命，她要收回刚才的话。她决定了——要将讨厌继续进行到底！

1

如果以前有人告诉冰菓，有一天会有一个像明星一样俊美帅气的超级美少年对她产生浓厚的兴趣，并且死缠烂打、穷追不舍的话，冰菓一定会嗤之以鼻，觉得这简直是天方夜谭，痴人说梦话。

可事实是这个天方夜谭，在某一天居然变成了真实存在——

冰菓绝没有想到，像望舒这样漫画里走出来一般的人物，也会跟块牛皮糖似的将人缠得死死的。而且好死不死的，这个被缠的倒霉蛋恰好就是她自己。

要不要这么倒霉啊！冰菓在心里哀号！

在二年级一班的女生看来人人艳羡的境遇，对冰菓来说却简直如噩梦一样。

"菓菓，早上好。来，我帮你拿书包，很重呢。"绅士而优雅的男生，引得一帮女生尖叫，一大波嫉妒的眼刀正在来袭，冰菓顿感身上不寒而栗……

"菓菓，上了一上午课，你饿了吧？咱们赶快去吃午餐，犒劳一下自己的五脏庙吧。”关切而体贴的慰问，让女生们瞬间星星眼直冒。一大波愤恨的眼刀继续来袭，冰菓仿佛觉得自己快被射成了一只刺猬……

“菓菓，这是你今天的课业笔记。我帮你检查一下有没有错误，顺便帮你保管吧。”无微不至的男生，细致照顾到每一步，引得女生们几欲发狂。一大波恨恨的眼刀来袭，冰菓仿佛感觉自己瞬间千疮百孔……

谁来帮她把这个祸害拖走！

书包你个大头鬼，惦记她书包里的便当才是真的吧！犒劳你个头啊，把她的午餐犒劳进他的肚子里，才是他真正的目标吧！

去你的课业笔记，去你的检查。以课业笔记为要挟，让她拿第二天的午餐作为交换，才是他阴险的目的吧！

这个披着天使外壳的恶魔，害她被班上的女生嫉妒、孤立乃至排挤，他自己却像浑然不知一般，天天用他极其无辜的招牌式笑容，继续荼毒着她。

大家都以为望舒喜欢冰菓，可是天知地知冰菓也心知肚明，他喜欢的不是她这个人，而是她做的食物！

望舒的举动，让冰菓自信心倍增的同时又哭笑不得——难道她做的食物真的有那么美味吗？

美味到居然能够让望舒这样的男生臣服在她的手艺之下？

可为什么同样是她做出来的食物，青石却嗤之以鼻，不屑一顾呢？

不，这都不是重点。

重点是，她明明和望舒清清白白。虽然他的确帅得没天理没人道，可她也真的对他没有哪怕一丝半点儿的非分之想啊。但是老天，他的那些粉

丝们为何偏偏不相信呢！

任凭她如何解释，如何想要和望舒划清界限，分清关系，她们都对她十分的不满加十二分的敌视。

搞得她在学校几乎成了女生的公敌，完全是举步维艰！难道说，她上辈子欠了望舒的，所以这辈子上天才派这个妖孽来折磨她？

冰菓欲哭无泪，浮想联翩时，耳畔却传来老师清晰而严厉的声音："那么就愉快地决定了，下一节是家政课。同学们自由组合，齐心协力，分工合作完成一道菜品。记住，为了体现咱们团结协作的团体精神，这次作品必须和同学一起完成，否则成绩为零。"

什么，家政课！

冰菓眼前一亮。她最喜欢的家政课啊！终于可以大显身手了！

或者，她还有机会趁机一显身手，挽回上次美食大赛在青石面前丢掉的面子也说不定呢。

一念至此，冰菓心中暗自雀跃不已。

可是，她该找谁做她的家政小伙伴呢？

看着同学们纷纷迫不及待地寻找自己的战友，冰菓无奈地扫视了自己周围一眼。

骄傲得像只开屏孔雀的镜无心朝她露出一抹嘲讽的笑，鼻腔里还隐隐发出一声冷哼。

如同阿波罗一样帅气的青石，沉默得如同完美的雕像一般，甚至没有抬头施舍给她一个眼神，只低头安静地注视着自己手中的书本，仿佛外面吵闹的世界与他完全没有关系一般。

至于那个俊美得像漫画里走出来的望舒，倒是不停地眨巴着他那双眸光潋滟、勾人心魂的桃花眼，笑得花枝招展，一副"快来选我，快来选我"的模样。

冰菓的目光直接从望舒身上掠过，然后用怯怯的目光朝自己前排的两个女生讨好地笑了笑。

"哼！"两个女生看了看对冰菓笑得花枝招展的望舒，冷哼一声，默契地转身，无视了冰菓眼中小小的哀求。

说好的愉快地挑选小伙伴，愉快的家政课呢？

冰菓欲哭无泪地瞪了一眼还在试图对她放电的某人，有些不甘心地继续寻找自己的家政课小伙伴，然而出师不利的她，却再次铩羽而归。

似乎冥冥之中有一股神秘的力量在牵引一般，所有的同学对于冰菓发出的邀请反应不一——或彻底无视，或不屑一顾，或面有难色，或心怀愧疚，但到最后，这些同学殊途同归地都拒绝了冰菓的提议。

如果说班上女生因为望舒、青石和镜无心对她产生莫名的敌意，从而排挤她的话，她也不是不可以理解。只是连班上的男同学也要联合起来孤立她，这到底是闹什么啊？

冰菓突然觉得有些沮丧。她绝望地趴在桌上，试图将耳畔那些欢声笑语抛诸脑后。

"喂……"奈何身旁的某人似乎并不打算放过她，用手肘撞了撞冰菓的手肘，望舒将她的失落悉数收在眼底，"我说……你真的打算这样僵持

下去吗？过了这个村，可就没这个店了。万一我被人拉走了，你可就连唯一的战友都没有了。"

"哼，祸害！"看见笑得像只狡猾的狐狸一样的望舒，冰菓的气就不打一处来。

无论如何，她都要坚守气节，不能让某人看了笑话！

"除了我，你没有别的选择了。"仿佛没有听到冰菓咬牙切齿的声音一般，望舒绽出一抹胸有成竹的微笑。

那模样，仿佛是狡猾的猎人在调戏一只正做垂死挣扎的猎物，他的眼眸中没有丝毫担忧和不安，仿佛他早已笃定，冰菓迟早会是他的猎物一般。

难道……

莫非……

一个念头在冰菓脑海中飞快地闪过，她仿佛突然明白了什么一般。

原来如此！

她就说班上的那些男生怎么会突然联合起来排挤她嘛。难道是有人在背后搞鬼？

可是这个幕后黑手到底是谁呢？

冰菓抬眸，看了看眼前这个最大的嫌疑犯。有些哭笑不得，不敢相信自己的猜测——

如果说唆使男生们一起排挤她的人是望舒，可是他的目的是什么呢？

难道就仅仅是为了在家政课上和她分到一组？

为了这样一个不可思议的理由这么费尽心思，真的值得吗？

还是说，她做的食物对望舒的吸引力真的大到如此地步？

"是你吧？"恨恨地瞪了望舒一眼，冰菓没头没脑地冒了一句。

"我才没这么无聊呢。"似乎猜到了她心里在想什么一般，望舒竟然神奇地跟上了冰菓的节拍，"以你的美食发誓，我什么都没做。如果真的是我，罚我以后都吃不到你做的食物。"

"可是……"见他脸上是少有的郑重，冰菓心中的疑虑更深。

不是他，又会是谁呢？

她半信半疑地看着一脸无辜的望舒，刚刚清晰的思维又瞬间迷糊起来。

"你别低估了人性的复杂，也别低估了嫉妒的可怕……"望舒语带双关地说了一句，眸光却似乎朝身后的某人瞥了瞥。

"真的不是你做的？"

"向老天爷保证，绝对不是我做的！"

"那有什么区别，反正事情还是因你而起。"粉丝真是一种可怕的生物，她们一旦嫉妒起来，杀伤力足以可以毁灭整个地球，"总之，你就是罪魁祸首。"

"是是是，我是罪魁祸首。我有罪，我悔过！"冰菓的白眼让望舒忍不住莞尔一笑。这小丫头，虽然做得一手好菜，可性子未免有些太迷糊了……

见她误解了自己的意思，望舒也不解释，只悄悄地敛了唇角的笑容，诚惶诚恐地说道："菓菓你大人有大量，就允许我将功赎罪吧。"

"你确定你没耍什么花招吗？"冰菓还是有些不太相信他。

　　望舒欲哭无泪，索性破罐子破摔地将自己成功地演绎成一个为了吃可以不顾一切的超级大吃货："相信我，我真的没有什么坏心思，我就是想吃你做的食物而已！"

　　望舒的心里却又另一番考虑：天知道，冰菓最近对他简直避如蛇蝎。

　　尤其是每到饭点的时候，她就开始和他斗智斗勇起来，恨不得将他列为拒绝往来户，害得他好久没吃到她做的食物了。

　　真是怀念那种久违的味道……

　　"成交！"见望舒只差没赌咒发誓了，冰菓终于将心中的疑虑暂时打消，"看在你这么诚心的分上，我就姑且信你一次好了。"

　　事实上，她不相信他也是不行的。

　　眼下全班同学早已各自为营，找好了自己的家政小伙伴。就连青石，她刚才偷偷瞟见，他也已经被他们班上最漂亮的女生拉走了。

　　目前就只剩下望舒这个奇怪的人，一边和她胡搅蛮缠，一边毫不犹豫地拒绝了一波又一波女生的邀请。

　　事实上，她是挑无可挑！

　　为了完成老师布置的任务，为了家政课不至于只有零分，她只能向他妥协。

　　"成交！"和冰菓击掌为誓，望舒脸上的笑容璀璨得差点儿晃了冰菓的眼。

　　"又是她又是她。为什么每次都是这样！"

　　"呜呜呜，一朵鲜花插在牛粪上，简直太没天理了。"

"你们瞧瞧偶像对她笑得那样灿烂的样子。凭什么啊！她胖得就跟包子一样，哪里配得上偶像啊。讨厌，人家不服。偶像一定是被眼屎蒙了眼，才会喜欢她那样的女生的……"

冰菓无奈。

她就知道，一旦招惹上望舒，准没什么好事情。

"君子一言，驷马难追。"见她想要反悔，望舒破天荒地说了一句公道话，"别理她们，痴迷得过了头了。"

"女粉丝真可怕！"冰菓发誓，这辈子无论她再喜欢谁，也坚决不要成为这样没有理智的人。

"女生都是可怕的生物！"身后，传来幽幽的声音。末了，那人又似想起什么一般，连忙补充了一句，"当然，我们家流月除外。"

"没错。"冰菓刚想点头附和，却总觉得哪里有些不对。

等等，什么叫"女生都是可怕的生物"，搞得她是男生似的。

这个该死的镜无心，居然连带她一起骂了。而更该死的是，她刚才居然差点儿附和他的观点。

"譬如你吗？"冰菓反唇相讥，笑得却比三月的阳光还要灿烂。

"你……"眼看着镜无心眉头一皱，正要开始和冰菓开战，身旁突然传来了一句不带什么感情色彩的评论。

"吵死了，像五百只鸭子一样！"

什么？她刚才没有幻听吧，一直将她视为空气的青石居然说话了……

冰菓带着疑问对身旁的望舒挑了挑眉，望舒则对她摊了摊手，耸肩一笑。

所以，青石是真的对她说话了吗？

不，不对。这不是重点。

重点是刚才青石嫌弃她比五百只鸭子还吵！

一念至此，冰菓觉得自己简直连想死的心都有了。

偶像第一次开口，是批评她做的菜卖相难看。她当时忍不住反唇相讥，事后却后悔得要死。

自开学和青石相遇以来，冰菓一直夹着尾巴低调做人，生怕青石认出来自己就是当初那个在美食大赛上和他针锋相对的选手。没想到青石早就将美食大赛的事丢到九霄云外了，一直对她视若无睹得很彻底，彻底到她就像空气一般。

冰菓在忐忑不安地过了一段日子之后，终于认清了这个既残酷又让她有些庆幸的事实。

她甚至盘算着，要找个机会好好表现一番，好重新颠覆偶像对她的认知，让他把当初的事情彻底地抛弃在过去。

谁知道偶像的第二次开口，居然又是嫌弃她。

虽然她也是女生，可是她真的没有五百只鸭子那样聒噪。

偶像，你真的冤枉人家啦……

冰菓泫然若泣的样子，让望舒若有所思地看了青石一眼。见有人打量自己，青石似想起什么一般，接着补充了一句："我说的是那些女生……"

太好了！偶像嫌弃的不是她！

冰菓顿时破涕为笑。

见状，望舒眸中的深光似乎更幽邃了一些。

"喂，我也要加入你们组。"冰菓唇畔的笑容还来不及绽开，镜无心的话却瞬间让她从狂喜中冷静了下来。

"你不是有组了吗？"几乎是下意识的，冰菓的嘴巴已经先于大脑做出了反应。

"偶像，你怎么忍心这样残忍地抛弃我们。"与此同时，被镜无心遗弃的粉丝也开始炸锅起来！

"冰菓，你抢走了一个望舒还不够吗？还要把我们的无心抢走，你也太无耻了吧。"

"对啊对啊，冰菓。差不多够了，你小心……"

某个女生的话在镜无心凌厉的目光下戛然而止。

冰菓第一次发现，这个向来自恋、骄傲的男生，发起威来也有如此骇人的时候。

"你也看见了，不是我不欢迎你。实在是你已经分了组了，这种破坏同学之间友爱和平的事情，我真的做不出来。"

虽然镜无心的粉丝们在镜无心的压迫下，已经闭上了嘴，冰菓却依旧能够感受到一道道幽怨的目光缠绕在她身上。

她们似乎都在对她警告——你要是胆敢挖我们墙脚，你就死定了！

"所以，镜无心同学，实在是对不起……"冰菓耸耸肩，一副遗憾至极的模样，心中却早已忍不住乐开了花。

开玩笑，她疯了才会答应他的要求。

且不说那些人的嫉妒有多可怕，单说当她将恳求的目光投向他时，镜无心那种反应，她就决定将他列为拒绝往来户。

哈哈哈，镜无心，没想到你也有今天！真是风水轮流转啊！

"我好像没有征求你的意见。"将得意忘形的冰菓精彩纷呈的面部表情尽收眼底，镜无心冷哼一声说道，"我只是在通知你而已。"

天啊，谁来告诉她，这个跟孔雀一样自恋的男生真的是地球生物吗？她怎么觉得跟他完全不是同一类物种啊？根本完全没法沟通嘛！

"喂，你怎么说？"和镜无心沟通无果，冰菓无奈，只能向望舒求援。

用手肘撞了撞一直沉默装死的望舒，冰菓甩给他一个警告的眼神。

"我警告你，你要是敢和镜无心狼狈为奸，我就……"

还没等冰菓想好威胁的狠话，望舒已经朝她无奈地扯了扯唇角。

"你看镜无心那种人，是有道理可讲的吗？算了，随他去吧。"

"可是……"

冰菓有些疑惑，这个望舒，到底在搞什么鬼？

看样子，他似乎对镜无心的加入也有些意见。可不知为何，他一直隐忍着，甚至不顾她的威胁。

这两人，到底是什么情况？

为什么一开始没有和她一组的意思的镜无心，在看见望舒加入她的队伍后，会突然改变主意呢？

"好了，你当他不存在好了。"望舒继续用眼神和冰菓交流着，"至于他的那些粉丝嘛，反正多一个和多一群也没什么区别，你权当是生活的调剂好了。"

调剂你个大头鬼啊！

这样的调剂她真的不想要啊！

冰菓不由得开始怀疑，自己和望舒一组的这个决定，真的是正确的吗？不怕神一样的对手，就怕猪一样的队友啊！

"镜无心，你这样做会伤了自家粉丝的心的。"冰菓试图做垂死的挣扎，"我觉得这样真的不好……"

"我觉得挺好的。"镜无心抛给冰菓一个"她们好不好与我何干"的眼神，转瞬间已经一语定下乾坤，"好了，就这么愉快地决定了！从现在开始，我们三个就是一个组的了。"

冰菓顿时郁闷到内伤。

这家伙难道是近视眼吗？他哪只眼睛看到她愉快了？

2

事实证明，冰菓的预感是十二万分正确的。

选择望舒、镜无心成为她的家政课小伙伴，完全是自虐！

"望舒，你觉得我们该做什么菜呢？"

家政课上，冰菓望了望被拥在人群中央的青石，决定好好表现一番，争取一鸣惊人，以挽回她在偶像眼中的负面印象。

今天学校提供的食材是面粉和各种配料，所以他们今天的家政课主题应该以糕点、面食为主。

冰菓会做的面食、糕点不少，一时间却有些拿不定主意，不知道青石会喜欢什么口味。

从前看杂志上说，他喜欢糖醋味，喜欢吃鱼，可上次她特意做了糖醋鱼卷，他却只看了一眼，连尝都没有尝一口，就把她的心血批评到体无完肤。

到底是她做的食物卖相真的差到令人发指的程度，还是杂志上都是骗人的？

冰菓将求救的目光投向自己的家政课小伙伴。

"你做什么菜我都喜欢。"望舒笑眯眯的，一双桃花眼半眯着，似乎根本没有察觉冰菓心中的那点儿小小心思一般，"当然，如果可以的话，我比较怀念上次的'糖醋鱼卷'。"

"糖醋鱼卷？"

冰菓诧异地挑了挑眉，她怎么不记得给他做过"糖醋鱼卷"了？还是说……美食大赛的事情被望舒知道了？

被戳中心思的冰菓脸色顿时有些精彩纷呈。

见自己说漏了嘴，望舒连忙笑着转移话题："呃，我是说，我喜欢吃糖醋鱼卷，想必你做出来的也一定很美味！"

"虽然你这么抬举我，我感到十分荣幸，可是望舒同学，你难道不觉得自己有些过分吗？"见望舒说得真切，冰菓顿时将自己脑海中的那点儿小小怀疑丢到了九霄云外，"我真的不认为，我的厨艺已经高超到了能够只凭一些面粉就做出'糖醋鱼卷'的地步……"

这个白痴，他知不知道"巧妇难为无米之炊"的道理？

还有，以后谁也别跟她提什么"糖醋鱼卷"了，这道菜简直是她的噩梦啊！

"真是可惜了，人家很怀念那个味道来着……"认清了现实的某人小声地嘀咕了一句，然后有些挫败地叹了口气，就连眼眸中的光芒似乎都黯淡了不少，"那……菓菓想做什么？是西式糕点，还是中式面食呢？"

她要是知道，还用得着问他吗？

冰菓有些无奈地看了看另外一个家政小伙伴，却发现镜无心正坐在一旁，拿着一面镜子对影自怜。

"别看我，君子远庖厨。我才不会做这些粗活，伤了我这双完美无瑕的手呢！"将纤长、白皙、保养得比手模还要漂亮的十指伸到冰菓面前晃了晃，镜无心十分明确地表明了自己的立场。

所以说，他坚持加入到她的小组里来，到底有什么用？

"可以赏心悦目啊。"仿佛知道冰菓在腹诽什么一般，镜无心眼皮也不曾抬一下，却瞬间说中了她的心思，"你想想看啊，我这么美的人和你在一起，一定会让你心情愉悦。你心情愉悦了，做出的菜就会好吃很多，对不对？这样的我，你可是打着灯笼都找不到呢。"

小伙伴厚颜无耻、自恋到如此程度，冰菓表示自己再次内伤——你老人家行行好，还是去赏心悦目别人吧！

"或许，我们可以参考一下别的组的情况。"眼见冰菓面色阴晴不

定，有被某人逼得大发雷霆之兆，望舒连忙笑眯眯地提议。

也罢！

瞥了一眼继续顾影自怜的镜无心，冰菓决定，还是将他当成空气好了。

可是，她到底该做些什么呢？

此刻其他组的同学早已商量完毕，纷纷动起手来。

冰菓有心偷窥一下敌情——尤其是青石所在的那一组，一定会以青石的口味为重心吧？如此一来，她是不是就有线索了呢？

冰菓有些心动，想了想，却终究作罢。以那帮家伙对她敌视、排挤的程度，恐怕她动一动身，她们都会像防小偷一样防着她，别说刺探军情了，只怕会成为过街老鼠，人人喊打！

"要不，我去帮你刺探一下敌情？"仿佛与她心有灵犀一般，只需要一个小小的眼神，望舒已经精准地捕捉到了冰菓的那点儿小小心思。

"这样真的可以吗？"冰菓眼前一亮，顿时心动不已。

"等着。"丢给她笃定的两个字之后，望舒便开始在人群中游走。

看着他如鱼得水地和同学们交谈着，所到之处无不受到热烈的欢迎，冰菓顿时觉得，人和人之间真的不能比较啊，看看这天壤之别的待遇，如果她较真的话，大概早已被气死了不知道多少回了。

"无聊，幼稚！"见冰菓的目光跟着望舒的身影转动，一直沉浸在自己世界里的镜无心突然抬头冒出了一句，"我说那个谁，你对自己就这么没信心吗？"

将冰菓上上下下仔细打量了一番，镜无心做出一副恍然大悟的神情：

"也是，你这么胖，人又丑，没有自信也是情有可原的。可是既然这样，你就别缠着望舒了。你觉得自己配得上望舒吗？你这样不自量力，也不过是痴心妄想罢了。所以我劝你啊，最好还是离他远一点儿……"

"我说那个谁，你哪只眼睛看到我缠着望舒了？"躺着也中枪的冰菓觉得自己简直遇到了神经病，还不是一个，是一屋子！

她明明就对望舒没有任何非分之想好不好，别人也就算了，就连镜无心也这样说，这是闹什么啊？

有些憋屈的冰菓瞬间怒了，反击道："如果可以，我也想离他远一点儿，不，不对，是离你们都远点儿！所以麻烦你们，拜托你们消失在我的世界里行不行？还我从前安静的世界，别再来打扰我了，好吗？"

"你以为谁稀罕来打扰你啊？"被攻击的镜无心大概没有想到向来温驯如小绵羊一样的冰菓也有发狂的时候，一时间，他不知道怎么回击，"如果不是望舒他……"

"我怎么啦？我才离开片刻而已，你们俩就这么想我了吗？嗯？"镜无心的话尚未说完，耳畔已经响起一段明明含着笑意，却让他莫名毛骨悚然的话语。

他回头，正好对上望舒那双琥珀色的眼眸。

望舒的眉眼明明弯弯的，嘴角甚至绽着一抹笑意，可不知为何，镜无心能清晰地感觉到望舒那种由内至外的骇人怒意。

认识望舒这么久，镜无心还是第一次如此清晰地感觉到望舒的可怕。虽然望舒没有威胁他，警告他，甚至连一个字都没有提，可不知为何，镜

无心就是知道，眼前这个男生真的生气了！

　　那种冻人的寒意，由上而下笼罩了望舒的全身，就连一向天不怕地不怕的镜无心，也忍不住打了个寒战。

　　然而下一秒，望舒却跟没事人似的从他身边走过，以极其欢快的声音对冰菓说道："我告诉你啊，菓菓，我刚才去偷偷地看了一遍，发现他们大多数做的是西式糕点。嗯，有提拉米苏、杜果慕斯蛋糕、香草轻乳酪、百香果酱淋戚风蛋糕……嗯，当然也有奶油鸡肉卷、腰果千层酥、三鲜水煎包、虾仁炒面、豆蓉黄金盒这样的中式面点。总之，花样百出，种类繁多。菓菓，虽然我对你的厨艺坚信不疑，可是你也要加油啊！"

　　如果不是肩膀隐隐传来的疼痛提醒着，镜无心几乎不敢相信，眼前这个一脸温暖笑容、邻居大哥哥一样的男生是自己认识的那个尖酸、刻薄的狐族小王子望舒。

　　伸手不打笑脸人，虽说对刚刚镜无心的话十分生气，可是冰菓实在没法向对她笑脸相迎的望舒发火。

　　算了，君子报仇十年不晚，和镜无心的这笔账，她还是改天再算吧。

　　听望舒这么一说，冰菓心里多少有些底。想了想，她又接着问了一句："那……青石他们那一组做的是什么？"

　　"看来青石大帅哥很受欢迎嘛……"望舒愣了愣，旋即吹了声口哨，目光朝青石的方向落去，"不仅在女生们那里很吃香，就连我们的菓菓也很关注他呢。"

　　"我哪有！"被察觉心思的冰菓矢口否认，有些心虚地说道，"只是因为青石他们那一组实力比较强而已。我这是知己知彼，百战不殆。"

望舒不置可否地笑了笑，说："他们组做的是鲜虾担仔面。我听说，青石喜欢鱼、虾之类的食物，看样子，这是要投其所好了。"

"果然是中式面食。"冰菓点了点头，一副了然于胸的模样，"我就说嘛，男生没几个喜欢吃甜点的。"

"那咱们也要做面条吗？"闻言，望舒意有所指地打趣道。

"你先告诉我，你会做些什么？"不理会他的问题，冰菓挑眉反问道。

"呃……"望舒讪讪一笑，俊美得如漫画人物一般的容颜上，闪现出一抹不易觉察的红晕。

见状，冰菓心知不能对这个大少爷抱太多幻想。

想了想，她试探着问道："揉面？"

望舒眼观鼻，鼻观心，作摊手状。

"擀面条？"冰菓摸了摸鼻尖。

望舒耸了耸肩，继续眼观鼻，鼻观心。

"包饺子？"冰菓心中的希冀逐渐幻灭。

望舒极其无辜地笑了笑，依然眼观鼻，鼻观心。

"包馄饨？"

冰菓笑容满面，内心早已作咆哮状——天啊，又来一个十指不沾阳春水的大少爷！

她到底为什么要答应和他们一组啊？

"其实，那啥……"望舒清了清嗓子，在冰菓爆发之前答道，"关于

馄饨这种食物，其实我还是挺喜欢吃的。"

"那你到底会干啥？"冰菓彻底崩溃。

"会吃啊！"偏头想了想，望舒答得异常认真，"我可以负责吃光你做的所有食物，保证干干净净。"

干干净净他个大头鬼！

冰菓瞬间泪流满面。

别人找的是家政小伙伴，她找的难道是两个老祖宗吗？

她到底要他们何用啊！

"我现在不想看到你们。"冰菓无力地挥了挥手，表示很想让两个祸水有多远滚多远，最好永远不要出现在她的视线里，"你们最好离我远点儿……"

"别这样嘛，菓菓。"见冰菓挽起衣袖准备揉面粉，望舒连忙狗腿地笑道，"虽然我什么都不会做，可是我的精神永远与你同在。"

"别，不出现在我面前，就是你对我最好的帮助了。"

不再理会这个聒噪的家伙，冰菓将面粉揉成面团，又从老师处拿来猪肉、香菇、鲜笋、虾仁、蟹黄等食材。

将猪肉剁碎，加入盐、太白粉、凉水甩打至肉具有黏性，呈胶状，再将切碎的香菇和鲜笋、洗净的虾仁，以及香油、糖、胡椒粉、鲜鸡粉放入拌匀。接下来，她又将面团搓条，切成剂子，擀成薄薄的小圆皮，再加淀粉用擀面棍擀出裙边。

因为组里有两个什么都不会做的闲人，冰菓一个人就显得有些手忙脚乱。然而，两个猪一样的队友似乎还嫌她不够慌乱。一边挑剔她的劳动成果，一边对她指手画脚。

"菓菓，你的肉馅似乎剁得不够碎呢。"

"喂，那个谁，你这擀的到底是饺子皮还是包子皮啊，这么厚？"

"哇哇哇，菓菓，你快看你快看，青石他们组的鲜虾担仔面已经大功告成了，闻起来味道蛮香的！"

……

天啊，谁来把这碍手碍脚的队友拖走！

冰菓刀工本来就不好，擀面皮更不是她拿手的活儿，被望舒和镜无心东说西说，她心中本就焦躁，直至听到青石那组的鲜虾担仔面已经完成，冰菓的心瞬间慌乱了起来。

天啊，人家都做好鲜虾担仔面了，她的蟹黄虾仁烧卖还没上锅……

老天，她宁可要神一样的对手，也不想要这两个猪一样的队友啊。

一边腹诽着，冰菓一边将蒸熟的蟹黄用刀剁碎。

然后，她开始手忙脚乱的包起了蟹黄虾仁烧卖。

"喂，我说那个谁，你这包的到底是包子呢？还是烧卖呢？怎么这么难看？"偏偏镜无心还不肯放过她，用手指拈起一个烧卖在冰菓眼前晃了晃，嫌弃地说，"你瞧瞧，这皮厚得……造型难看得……冰菓，你确定这玩意儿能吃吗？"

"嫌难吃你可以不吃！"一面将最后一个烧卖包好放入早已烧开的蒸锅中，冰菓一面忍不住恨恨地瞪了镜无心一眼。

　　这个祸水，今天是吃错药了吗？这么明目张胆的和她作对，害得本来想好好表现的她，又再次功败垂成。

　　终于，四十分钟后——

　　看着蒸锅里新鲜出炉的，造型怪异的，有些像蒸饺又有些像包子的烧卖，冰菓欲哭无泪，沮丧万分。

　　天啊，这个蟹黄虾仁烧卖的卖相这么差劲，她怎么有勇气端到青石面前让他品尝啊……

　　一想到青石可能再次用那挑剔而嫌弃的眼神和口吻评判她的烧卖，冰菓简直连想死的心都有了。

　　呜呜呜，为什么每次都会弄得这样糟糕？她明明是想在偶像面前好好表现一番的……

　　"新鲜出炉的蟹黄虾仁烧卖。"

　　将冰菓心灰意冷的模样尽收眼底，望舒琥珀色的眼眸里，飞快地闪过一抹复杂的光芒。

　　旋即，他扬唇笑了笑，拈起一块烧卖便放进了嘴里。

　　"这么难看的烧卖，偶像你怎么能够吃得进去？"

　　"NO！请你们不要侮辱烧卖好吗？这玩意儿也配叫烧卖吗？明明是四不像啊！"

　　"啧啧，这玩意儿吃了不会食物中毒吧？冰菓，你确定它能吃吗？"

　　……

　　一时间，众人纷纷围了上来，如苍蝇一般嘈杂的议论声在冰菓耳畔炸开。

冰菓却牢牢地盯住望舒，似乎想从他的脸上找回一点儿她消失不见的自信。

"望舒，这烧卖……好吃吗？"

望舒闭上眼，并没有说话，似乎陷入了沉思一般。

见状，冰菓的心慢慢地沉入了万丈深渊。

就连一向喜欢她食物的望舒，都对这道蟹黄虾仁烧卖不置可否了吗？难道她的厨艺真的差劲到这个地步了？

绝望中，冰菓并没有发现，一向臭美的镜无心在看见望舒的反应之后，带笑的唇角慢慢地垂了下去。

他深深地看了冰菓一眼，美得惊心动魄的脸上，第一次出现了一种名为"凝重"的情绪……

1

如果说，从前镜无心还对望舒认定冰菓这件事嗤之以鼻，抱着半信半疑的态度，那么这一刻，镜无心确定自己从望舒的脸上看到了从未有过的认真和笃定。

他和望舒从小一起长大，"亦敌亦友"，陪伴彼此度过了妖界漫长而无聊的岁月，彼此对对方的了解，不可谓不深。只那一瞬间，望舒眼神中透露出来的信息，已经让镜无心的心沉了又沉。

于是，这一刻镜无心终于明白，从前望舒对他说，冰菓就是自己要找的那个人，并不是对他开的一个无伤大雅的玩笑，也不是如从前一般漫不经心的敷衍。

望舒一直是认真的，笃定的！

只有他那么傻，那么蠢，把望舒的认真当成了玩笑，笃定当成了敷衍。

突然间，镜无心就慌了心神。

不，他不能让望舒这样继续下去，他不能让望舒把冰菓顺利带回妖界，完成狐王交代的任务！他要破坏望舒的计划，他要阻止冰菓前往妖界。

只是……镜无心的目光不着痕迹地从冰菓脸上扫过，将她眼底的沮丧、落寞和那种近乎绝望的哀伤尽收眼底。

有那么一瞬间，镜无心突然觉得心里某个坚硬的角落，有些酸酸涩涩地柔软起来。这种感觉，是他在妖界漫长修炼人生中从未体会过的。

哼！开什么玩笑，他镜无心什么时候也会心软了？

镜无心摇了摇脑袋，企图甩掉心中这种不合时宜的情绪。

嗯，没错，无论三界六合、四海八荒，他镜无心的情绪只会为他美丽的镜月公主一个人左右！眼前这个丑丑的、像白面包子一样的丫头，凭什么让他心软？

这些念头如电光石火般在脑海中一闪而过，只那么一瞬间，镜无心的心软已经飞到了九霄云外。

他冷冷一笑，性感的薄唇里吐出毫不留情的嘲讽的字眼："冰菓，听闻你的成绩一向不错，不然也不会考入咱们一班这个重点班。不过如今看来传言未必可信啊，至少'不自量力'四个字的含义，你肯定是不明白的。"

嘲讽的目光落在热气腾腾的蟹黄虾仁烧卖上，镜无心悄悄地咽了咽口水，讥讽的笑意故意越发明显："你瞧瞧你这烧卖的卖相，啧啧……不是我打击你，你觉得它能引起人的一丁点儿食欲吗？你觉得同学们会想吃吗？"

视线飞快地从自己的粉丝们脸上扫过，镜无心的目光里带着些许压迫、些许诱惑："你们大声地告诉我，这样的食物，你们愿意吃吗？"

偶像的力量果然是无穷的，几乎是在镜无心发问的瞬间，镜无心，乃至望舒、青石的粉丝们都异口同声地说道："当然不愿意！这样的食物，

送给我我也不会吃的！"

"就是嘛，你瞧瞧，咱们望舒不过尝了一块她的烧卖而已，现在的表情……得有多难受啊！"

"没错，冰菓，你是故意的吧？把这种垃圾食品拿给我们吃，你是存心来祸害我们的吧？"

……

平心而论，望舒现在的表情虽然有些诡异，可实在和"难受"两个字沾不上边……

看到同学们异口同声地攻击冰菓，不知为何，镜无心并没有感觉有多高兴，心底深处反而有种说不出的烦躁和郁闷。

将心中那种喷薄欲出的暴躁强压下去，镜无心意味深长地看了看人群中一言不发的青石，抿了抿嘴唇，冷冷地说道："冰菓，在美食大赛上你丢人还没有丢够吗？到现在，你还是如此不自量力吗？"

"美食大赛？什么美食大赛啊，我怎么没有听说过啊？"

"难道是……暑假那次由'青尚美食集团'举办的民间厨艺大赛？"

"管它是什么美食大赛呢，总之听偶像的意思，某人当时也同样像现在一样丢脸就是了。"

"听说那次民间厨艺大赛，青石学长也曾经担任评委！青石学长，镜无心说的是真的吗？"

……

人群如同炸开了锅一般，叽叽喳喳地议论起来。

耳畔全是各种幸灾乐祸、落井下石的嘲讽声，冰菓却一个字都听不进耳朵里。

从镜无心说出"美食大赛"四个字开始，她的目光就牢牢地锁定住人群中的青石，脸上看似平静，内心却早已汹涌澎湃。

该死的镜无心，她和他势不两立！

从开学到现在，她一直提心吊胆、小心翼翼地夹着尾巴做人，她容易吗她！

一切，为的不过是让青石忘记美食大赛上的糗事，忘记她的存在而已，可是这个该死的镜无心，偏偏哪壶不开提哪壶，揭她的老底！

老天保佑，千万不要让青石想起那件事，否则她这么久的努力就功亏一篑了……

可是，这可能吗？

冰菓绝望地眯了眯眼，又小心翼翼地睁开眼瞟了青石一眼。

老天似乎没有听到她的祈祷，一直站在人群中面无表情的青石，在听到"美食大赛"四个字之后，修长的剑眉微微一挑，旋即，他若有所思地朝冰菓的方向看了看，似乎想起什么。

那一刻，他虽然没有说话，冰菓却清楚地从他嘴唇的微动和他眼底的讽刺中看出了他想要表达的意思——原来是你！

原来是你这个刀工奇差，还不自量力地和我顶嘴的丫头！

青石扯了扯唇角，视线与冰菓的目光在半空中对上了。

他似乎根本没有看到冰菓眼中的殷殷期盼，甚至，他的目光压根儿就

没在冰菓做的蟹黄虾仁烧卖上作片刻停留。

依旧是那般漫不经心的清冷，依旧是那般不为外物所动的漠然，青石潇洒地转身，穿过人群，留给冰菓一个冷漠的背影。

"啊啊啊，你们看，偶像都走了！"

"这种垃圾食物，留在这里有什么意义吗？我们也走吧。"

"可是咱们真的都不尝一下冰菓的食物吗？这样的话，她的成绩会是零分啊……这样真的好吗？"

"咱们学校有史以来第一个因为没人吃而家政课打零分的人，冰菓，你也算是荣幸之至了吧？"

人群随着青石的离开而慢慢地离开，嘲讽的声音却一个接一个的传入冰菓的耳朵里。

怎么会这样……

该死的，怎么会变成这样……

渐渐远去的背影因眼眶中氤氲的雾气而逐渐模糊起来，冰菓缓缓地蹲下身子，双手抱膝，将头深埋在双腿之间，心里是说不出的沮丧、绝望和后悔……

早知道她会去参加民间美食大赛，会遇到青石，她就听爸爸的话，好好地练刀工了……

早知道老天会再给她一次机会，让她在学校里再一次碰到青石，她一定会舍弃漫画，在暑假里勤学苦练……

可这世上从来没有后悔药卖。

因为她的懒惰，因为她的侥幸，她把事情搞得这么糟糕！

她一次又一次地在自己的偶像面前丢脸，一次又一次地把自己最糟糕的一面暴露在青石面前。

大概从此以后，她再也没有机会在他面前证明自己的实力，也没有脸让他尝一尝自己做的美食了吧？

一滴眼泪沿着冰菓的脸颊缓缓滑落，她似乎听到了自己心中有什么东西破碎开来，那是一种近乎绝望的声音……

2

"谁说没有人给她打分的！"

恍惚中，一个如山涧清泉般的男声在耳畔响起，依旧是桀骜的，带着一点儿漫不经心的声音，却那么坚定，那么富有穿透力，直击冰菓的心间。

"我给她打……"望舒走到成绩栏前，拿起笔在成绩单上唰唰地写下一个数字，"一百分！"

"偶像你醒醒！偶像你这是怎么了？"

"偶像，你确定你现在是清醒的吗？你真的知道自己在做什么吗？"

"天啊，告诉我这不是真的，望舒居然给冰菓打了满分。这是什么情况？"

先是望舒的粉丝，接着再是一些好奇的女生，最后是剩下的其他一些观望者，他们纷纷被望舒的举动给搞懵了。

刚才明明一言不发的望舒，现在为什么会给冰菓打那么高的分？要知

道，这可是学校有史以来的第一个家政课一百分！

难道冰菓做的食物真的有那么美味吗？

还是说，这其中有什么不可告人的秘密？

一时间，同学们的好奇心纷纷被调动了起来。大家面面相觑，彼此都在对方的眼中看见了一丝怀疑、好奇和不确定。

"可是望舒，冰菓做的蟹黄虾仁烧卖真的有这么好吃吗？既然这样，你刚才为什么不说话？"片刻的安静之后，终于有人忍不住开口提出了质疑，"你不会是看她可怜，才故意为她说好话吧？"

"你可以怀疑冰菓的手艺！"嘴角露出冷冽的笑，望舒琥珀色的眼眸里，却严肃得没有半分笑意，"可是你不该质疑我的诚信和人品。"

指了指还冒着热气，散发着食物特有的香味的蟹黄虾仁烧卖，望舒一字一句地说道："我不想，也不屑解释。事实就摆在你们眼前，不相信的，可以自己去尝一尝。看看是我在说谎，在可怜、同情冰菓，还是你们这些戴着有色眼镜，以歧视、偏见的眼光看人的家伙，更值得可怜和同情！"

话音落后，一室安静。

而后，一个小小的声音略带不服气地说道："我就不信邪了！这么难看的食物当真就这么美味？"

说罢，那人上前拿起一块烧卖送进口里，一口下去，带着蟹黄、虾仁特有的鲜美的汤汁便四溅而出，充斥了整个口腔和味蕾。那人闭了眼，仔细地回味这种难以用言语来形容的鲜美，那种表情，居然和刚才的望舒一模一样。

"怎么样？怎么样？到底好不好吃啊？"

见他这样，众人越发好奇起来，又见他半天不说话，有人便再也忍不住，上前拿起蟹黄虾仁烧卖就送入口中。

依旧是如出一辙的表情，勾得围观的同学越来越心痒，于是大家纷纷尝试，吃完之后的表情却是出奇一致——似乎是惊讶中带点儿难以置信，惊艳中带点儿心虚和后悔。

眼见着两笼烧卖马上就要一扫而空，还在静观其变的同学终于忍不住吼道："喂喂喂，我说你们，别吃完了，给我留一个啊！"

"呜呜呜，居然就没了！人家还没吃到呢！真的有那么好吃吗？"

"真的很好吃。"第一个尝到的同学终于回过神来，有些歉疚地答道，"比我在百年老字号'庆丰铺'吃到的烧卖还要好吃那么一点点。"

"对啊对啊，好吃到舌头都要吞下去了！真是没想到……"有人内疚地瞥了一眼冰菓，小声嘀咕道，"古语说'人不可貌相，海水不可斗量'，此话诚不欺我！我终于知道望舒为什么会老是缠着冰菓了……呜呜呜，我检讨，我悔过，以后再也不只看表面现象了……"那人又腆着脸笑了笑，讨好似的说道，"那啥……菓菓，你大人不记小人过。不会在意我们今天的举动的对吧？以后还会给我们做好吃的，是不是？"

"当然！"望着同学们，冰菓笑了笑，"只要大家不嫌弃我做的食物卖相差，我很乐意为大家服务的。"

"哼，一群见风使舵的家伙！"众人还想寒暄，望舒却突然冷了脸，鼻孔里冒出一声冷哼，他拉起冰菓的手，转身就走，"你们落井下石的时

候，怎么没想到菓菓会有多难过？现在想吃她做的食物了，就这么殷勤？你们这样是非不分，还好意思吃菓菓做的美食吗？"

"喂，你怎么了？"

望舒对外人一向从容圆滑，像只狐狸一样狡猾，半点儿错误也不肯给人逮到，尤其是游走在一帮女生中间，更是如鱼得水。甚少有这么大发雷霆的时候。一时间，冰菓倒有些被他给吓住了。伸手小心翼翼地戳了戳他的后背，她怯怯地问道："喂，望舒，你没事吧？"

"哼，你是笨蛋啊你！那些人那么对你，你干吗理他们！"望舒并不答她，他拖着她的手一直走到一片小树林中才停下脚步，对她劈头盖脸的一顿臭骂。

"喂，你这是在为我打抱不平吗？"不知道为什么，冰菓突然就不觉得那么难过了。伸手揉了揉他的脑袋，她像个孩子一般笑了起来，"笨蛋望舒，我知道你是为我好。可是我真的没有生他们的气。"

"我才不是为你打抱不平呢！"看着她如花的笑靥，望舒忍不住翻了个白眼，心中没来由的暴躁却在她灿烂的笑容中逐渐平息下来，"我只是看不惯那些人而已。"

"好了，别生气了。"冰菓从未想到，当所有人都离弃她的时候，这个眼中只看得见她做的美食的吃货还能坚定不移地站在她的身边，为她鸣冤，替她平反，"望舒，谢谢你为我做的这一切！我真的很高兴你能这么为我着想。不过，人都有犯错的时候，我相信经过这件事之后，他们总会明白些什么的！"

"既然如此，那你为何还不开心？"不置可否地笑了笑，望舒狭长的眼眸里闪烁着能够看透一切的光。

"我哪有！"心跳陡然漏了一拍，冰菓顿时有些慌乱起来。

她以为她掩饰得很好，却没想到会被他轻而易举地看破。

是她演技太差？

还是他有火眼金睛？

"哼！你这个笨蛋，你别以为你逃得过本大神的火眼金睛。"将她的慌乱尽收眼底，望舒的语气越发笃定，"你老实交代，你的不开心，是不是因为某一个——男生？"

望舒将"男生"两个字音拖得长长的，清泉一般纯澈的声音里，带着几分看破红尘世事的慧黠。旋即，他半眯了眼，一寸一寸缓缓地靠近冰菓，近得几乎贴近她的脸颊："说吧菓菓，你是不是喜欢青石？"

"你在说什么，什么青石啊黑石的，我不懂。"漫画人物一般俊美的容颜越靠越近，近得冰菓的呼吸瞬间紊乱起来。也不知是为这张帅气得足以让所有女生尖叫的容颜，还是为望舒那句让她心惊肉跳的话，"望舒我警告你啊，饭可以乱吃，话不可以乱说。你这样很容易让人误会的！"

"哼，虚伪！"冷哼一声，望舒不以为然地说道，"喜欢就是喜欢，不喜欢就是不喜欢。你管别人怎么看！他们喜欢误会，就让他们误会好了。和你有关系吗？冰菓，我以为你是个诚实的女生，没想到你也这样虚伪，这样言不由衷！算我看错你了……"

说罢，望舒转身就走。

"喂……"几乎是同一时间，冰菓鬼使神差地抓住望舒的衣袖，却又不知道该说些什么才好。

"我就说我没猜错吧！哼哼，你还不承认。"见状，望舒琥珀色的眸子里有狡黠的光芒一闪而过。

他得意地笑了笑，小声嘀咕道："你们这些凡人，就是这么矫情！承认喜欢一个人，就这么难吗？"

"你说什么？"冰菓愕然地抬头看他，似乎有些不敢相信自己的耳朵。

他刚才说什么来着，凡人？是她听错了吧，怎么可能！

呜呜，一定是她走神得太厉害，所以幻听了……

"我说我可以帮你追到青石！"垂眸掩住眼底的深光，望舒一字一句地说道。

帮她追到青石？

天啊，她这是怎么了？居然又幻听了！

"笨蛋，你没听错。我真的可以帮你追到青石。"将她脸上的纠结和困惑看在眼底，他莞尔一笑，随即十分笃定地说道，"不仅如此，我还可以让你的能力得到青石的肯定。"

"你真的……可以做到？"冰菓半信半疑地瞥了瞥望舒，还是有些不敢相信自己的耳朵。

"当然！"

简简单单的两个字由望舒口中说出，却带着一种奇异的能够安稳人心的力量。

"那你会怎么帮我？"话音刚落，冰菓马上摇了摇头。

不，不对。这不是重点！重点是，望舒为什么要帮她？

"这你别管，只要你乖乖听我的话，我保证青石迟早拜倒在你的厨艺之下。"望舒神秘一笑，摆出一副"山人自有妙计"的姿态。

"这个玩笑一点儿也不好笑！"望舒的每一个字，冰菓都认认真真听进耳朵里了，可每一个字她都觉得是天方夜谭。

完美如青石，会喜欢她这样的丑丫头吗？

这画面太过美好，冰菓不敢想象。

"谁跟你说这是玩笑了？"强迫冰菓与自己的目光对视，望舒有些怒其不争地问道，"你这是在怀疑我的能力吗？"

"我只是怀疑自己的魅力而已。"冰菓低下头，小声嘀咕道，"你觉得像青石那样完美的男生，可能喜欢上我这样的女生吗？"

3

冰菓因为望舒的问题而陷入了思考中。

青石是"青尚美食集团"的继承人，他帅气得足以媲美国际影帝。而她冰菓只是一个又胖又丑的小饭店老板的女儿。

他和她，完全就是一个天上，一个地下，有着云泥之别。这样的她，怎么可能被青石注意到，并且喜欢上呢？

每一个女孩心中也许都有一个灰姑娘的梦想，梦想跟自己心爱的白马

王子在一起；但不是所有的女孩都能成为美梦成真的灰姑娘。

所以，她虽然喜欢青石，可这点儿自知之明还是有的！

"为什么不可能！这世上就没有我望舒办不到的事。"望舒撇了撇嘴，十分不以为然地说道，"更何况，我从来不觉得你有哪一点配不上青石的。菓菓，你要对自己有信心。你知道吗？你做出的食物，让我尝到了家和幸福的味道。我相信，能做出这样食物的女生，一定有一颗美好的心灵。所以你也要相信我，像你这样的女生，是值得最优秀、最出色的男生喜欢的！所以，你为什么要自卑呢？"

"你……"望着口若悬河、滔滔不绝的望舒，冰菓的大脑突然有些空白，心里有些酸酸楚楚的情绪冒了出来，不知道是感动，或是别的什么，"你真的这样想吗？望舒。"

"当然。"望舒点点头，一副"信我者得永生"的自信满满的模样，"不过前提是你得配合我接受改造，同时你也要积极地自我改变。只要你能做到这些，我相信拿下青石，不过是迟早的事。"

眉毛微微上扬，望舒以极其挑衅的口吻问道："怎么样，冰菓。你敢接受这次的挑战吗？"

"我……敢！"

哪怕希望渺茫，哪怕成功的可能微乎其微。可只要有一线希望，她就要拼尽全力去做到。

她喜欢青石。她希望自己能够走进他的眼中、心中，而不是永远以跳梁小丑的模样出现在他的世界里！

所以这一次，她必将破釜沉舟，全力以赴。

"君子一言。"望舒与冰菓击掌为誓。

"驷马难追。"坦然地对上望舒的视线，冰菓眼里洋溢着前所未有的自信光芒。偏头想了想，她又接着问了一句，"不过望舒，你为什么要这样帮我？你知道的，这并不是一件容易的事。"

"因为我喜欢挑战极限，喜欢迎难而上，喜欢做不可能做到的事情。"轻轻地摸了摸鼻尖，望舒目光游移，笑得有些不自然。

"你觉得我信吗？"这家伙，以为她真的这么好糊弄吗？"望舒同学，你难道不知道你的队友早已出卖了你吗？如果我没记错的话，那天你说你想吃我做的'糖醋鱼卷'，而刚才镜无心也说了民间美食大赛的事。我猜，你们从美食大赛追到一班，不仅仅是想吃我做的美食，想帮我追个帅哥这么简单吧？"

无事献殷勤，非奸即盗。

她才不相信，这个狡猾如狐狸的家伙目的会这么单纯。

"果然，不怕神一样的对手，就怕猪一样的队友。"望舒打死也不承认是自己的贪吃出卖了自己，他抿了抿唇，似乎有些犹豫，有些挣扎。半晌，又似终于下定决心，纠结的俊颜上是一种如释重负的轻松，"不过，冰菓，是谁跟我说你大大咧咧的？这完全是谣言嘛！用脚趾想想也知道，我们狐……我是说，和我差不多的你，怎么可能蠢到哪里去！"

差点儿说漏嘴的某人轻咳一声，在冰菓反应过来之前，迅速转移了话题："好吧，我承认，我的确是有求于你。"

"嗯？"见望舒如此坦白，冰菓倒有些不慌不忙了。

"菓菓，如果我帮你达成了心愿，你能帮我一个忙吗？"见冰菓虎视眈眈地注视着自己，望舒索性牙一咬、心一横，眼睛一闭便托盘而出，"我想请你和我一起回我的老家，参加我族的美食祭。"

老家？我族？美食祭？这几个关键词让冰菓觉得，望舒的话里话外总透着一股莫名的违和感。

仿佛……她跟他不是生活在一个世界里一般。

"你老家是哪里的啊？"

冰菓上上下下、三百六十度全方位打量了一番这个俊美得不食人间烟火的少年，心中顿时生出一种向往和好奇——到底是怎样的灵山秀水，才能养出这样超凡脱俗的美少年来？

如果可以，她也好想到望舒的家乡回炉重造一番，也许只有这样，才能配得上青石那样优秀完美的男生吧！

"我的家乡，在你从未去过的一个地方。那里有蓝蓝的天，碧绿的水，百年的参天大树，浓郁的灵气……美得就像人间仙境……"望舒吞吞吐吐，总是不肯说到重点，"事实上，它不存在于这个国家的任何一块地图上。"

"难道你是混血儿？"冰菓越发狐疑，这世上当真有这样美好的地方存在吗？可是，冰菓怎么看也不像是混血儿啊！

"准确地说，它也不存在于这个世界的任何一块地图上。"咬了咬性感的薄唇，望舒有些为难地耸了耸肩，似乎在苦恼该如何才能让冰菓明白

他的来历，又不会吓到她，"菓菓，你听过三界六合这种说法吗？"

望舒还在绞尽脑汁，冰菓已经两眼放光，上前摸了摸他的脸，啧啧惊叹道："我懂了，你的意思是说，你不是人？那你到底是何方神圣？神仙？还是妖怪？"

望舒哭笑不得。

"难道你就不觉得害怕吗？"

冰菓甩给望舒一个"我应该害怕吗"的眼神，然后十分好奇地问道："可是你还没告诉我，你到底是仙还是妖呢？"

"在与人间平行的空间里，存在着一个名为'妖界'的地方。那里生活着各种有灵性的族群，而我，则是狐族的小王子。"见冰菓眨巴着水汪汪的大眼睛十分好奇地看着他，眼眸里写满了崇拜与向往，望舒不由得有些头疼，"你个傻瓜，不知道我和你是异类吗？你当真不知道害怕为何物吗？小心哪天被人卖了还要给人数钞票呢！"

"其实我也不是不知道害怕。"闻言，冰菓吐了吐舌头，笑道，"只是如果这个异类是你，我总觉得，这似乎是天经地义、理所当然的事情……"

将剩下的话咽回肚子里，冰菓决定，她坚决不告诉望舒，从一开始她就觉得他像个妖孽——如他这样钟灵毓秀的人物，又岂是这种凡尘俗世能够孕育出来的。

所以她才会在得知他的身份之后，一点儿也不感到害怕，反而有种莫名的亲切感吧！

"对了，如果你是妖怪，那镜无心那家伙，也应该是妖怪。他也和你一样是只狐狸吗？还是说，他是那个啥……"

如果说望舒像只狡猾的小狐狸的话，那么冰菓觉得，镜无心怎么也和狐狸挂不上钩。他反而像只骄傲、臭美、自恋的孔雀，还是公的！

望舒满头黑线，心中忍不住咆哮："你才是妖怪，你全家都是妖怪，你全小区都是妖怪！"

"第一，我不是你想的那种妖怪！第二，如你所想，镜无心就如他表现的那些特质一样，是孔雀族的小王子。"深吸了一口气之后，望舒出卖起队友来连眼睛都不眨一下。

"最后，我很高兴你在知道了我们的真实身份之后，心里没有任何芥蒂。那么，这是不是意味着，你也同意等我帮你达成目标之后，你会和我一起回妖族，参加妖族百年一遇的'妖族美食祭'呢？"

"哇，妖族美食祭啊，听起来就是好酷的样子！没想到这种只存在于漫画中的奇遇，居然给我碰到了。"冰菓星星眼直冒，兴奋得像中了五百万大奖一般，"能去妖族旅游，我当然没问题。可是，你为什么偏偏会选中我陪你一起回去参加'妖族美食祭'呢？"

她可不认为，这种神秘隆重而又神圣的祭祀，是随便逮个人都可以参加的。

尤其是，她还是个普普通通的凡人，是望舒口中的异类。

"这……"向来不动如山的某人脸颊突然出现一抹可疑的红晕，冰菓似乎看到望舒头上有一排乌鸦飞过。

"我可以拒绝回答你这个问题吗？"

"当然，你有权利不回答。"眼底闪过一道慧黠的光芒，冰菓点头答得毫不迟疑，"同样，我也有权利拒绝你的邀请。"

说罢，她作势要走。

"好了好了，我告诉你就是了。"见状，望舒连忙拉住她的手，道，"其实也没什么大不了的，不过是我偷吃了我们狐族准备献给'妖族美食祭'的贡品，所以我父王才罚我到人间寻找绝世美食供奉给妖族上神……"

揭自家老底显然不是什么光彩的事情，所以连向来泰山崩于前而面不改色的望舒小王子脸上也忍不住青一阵白一阵。他恨恨地瞪了一眼冰菓，道："我警告你，不准笑。"

"好好好，我不笑。哈哈哈，我发誓我真的没笑！"

偷吃给上神的祭品，这果真是望舒这个超级大吃货能够干得出来的事情。

冰菓憋笑憋得肚子疼，笑过之后，她又忍不住有些狐疑："可是望舒，你确定你没逗我玩吗？你父王要的是绝世美食，你确定我做的这些食物，能够算得上绝世美食吗？"

自己有几斤几两，算哪根葱哪根蒜，冰菓还是一清二楚的。

她做的食物，也许姑且能够算得上美食，可是离"绝世"二字，就隔了十万八千里了。

望舒这家伙，简直是在拿她开涮嘛！

幸好她英明了一回，提前问清楚了状况。要不然真的贸贸然跟着望舒

到了妖族，她却做不出狐王要的"绝世美食"的话，狐王只怕会把她当成祭品献给妖族上神吧！

"你觉得，我会拿这种事情开玩笑吗？"见她质疑自己，望舒连忙信誓旦旦地说道，"实话跟你说吧，我来你们人界也有些日子了。这段时间，我走遍名山大川，拜访了不少或出世或入世的隐世高人和民间高手，却没有一个能够做出我想要的味道。直到我在民间美食大赛上无意中遇到了你……我知道，我应该是找到我想要找的人了。"

"你想要的，究竟是什么味道？"见他神色认真，不像在说谎，冰菓不由得好奇地问道，"你觉得那些高人都做不出来，平凡如我，真的能够做得出来吗？"

"我想要的味道，我已经在你的食物里尝出来了。那是一种不含一丝杂质的幸福的味道。只有世间最纯善的人，用最虔诚的心和最热烈的爱，才能做出的味道。"偏头想了想，望舒一字一句地答道。

"而且你知道吗？菓菓，妖族是一个十分依赖灵力的种族。而如今的人界，因为你们人性的贪婪和丑陋，以及无休止地破坏大自然等等原因，早已变得污秽不堪。所以这里的灵力日渐稀薄，远不如我们妖界充沛。甚而有些地方，灵力已经稀薄到不足以支持我和镜无心长期在你们人界行走。可是我在你做的食物中，尝到了妖族所需的灵力。菓菓，这样你还不相信，你就是我要找的那个人吗？"

她能做出富含妖族灵力的食物？

如果不是望舒的眸光太过认真，认真到她无法不相信他的话。冰菓几乎要以为，这只是他和她开的一个玩笑而已。

可是望舒眼中前所未有的郑重却告诉冰菓，这一次，望舒没有说谎！

可是，怎么会呢？

她明明就是一个平凡得不能再平凡，普通得不能再普通的人族少女。就算她能做出带有幸福味道的美食，可这些食物还富含妖族灵力，这到底是个什么状况啊？

冰菓绞尽脑汁，却百思不得其解："喂，我说王子殿下，你确定你没尝错味道？我真的能做出富含妖族灵力的食物？可是我怎么想这件事怎么不靠谱啊！"

"冰菓……你信我吗？"长而卷翘的睫毛如蝶翼一般掩住了望舒眼底的流光起伏，他张了张嘴，却欲言又止，"如果你相信我，就不要再追根究底。这世上本就存在一些不能用常理来解释的事情。你只要相信我不会害你，并且我会遵守自己的承诺，帮你完成你的心愿即可！"

"我当然信你！"静静地注视了望舒良久，冰菓脸颊绽开一朵如花的笑靥，"你是我的朋友，我不信你信谁呢！"

"那好，从明天起，我们就开始我们的'丑小鸭训练计划'。"被冰菓眼中毫不设防的信任晃了一下心神，望舒似乎有些失神。片刻后，他扬眉笑道，"怎么样，冰菓，你准备好了吗？"

"凭什么啊，凭什么是'丑小鸭训练计划'啊？"蔚蓝的碧空下，冰菓暴躁的声音穿透浓密的树枝划过天空，"人家才不要当什么丑小鸭，人家要当白天鹅！"

狐君的美味良缘

　　"还有，从明天起，我的伙食你给我承包了！我早餐要吃菠菜虾饺，中午要吃咖喱牛肉，晚餐……"

　　"喂，望舒，别太过分啊，我又不是你的专属厨娘……"

1

丑小鸭……呃不，白天鹅改造计划在冰菓的期待中正式开始。望舒给冰菓提的第一个要求，竟然是让她负责他的一日三餐，还美其名曰，要随时监督她的训练进度。

监督他个大头鬼，这明明就是以权谋私嘛！

敢怒而不敢言的冰菓表示很不服气，奈何她的命脉捏在某只狐狸的手上，就算心有不甘，她也只能忍气吞声。

不就是一日三餐嘛，负责就负责！就当她多养了一条流浪狗好了。

可是，眼前这个阵仗颇大的搬家公司是个什么样的状况？

"那啥，帅哥，你们走错门了吧？"

星期六的清晨，本应该是愉快的懒觉时光，可是才早上八点，一阵急促的敲门声就将冰菓从美梦中吵醒。她顶着个蓬松的鸡窝头，穿着拖鞋噌噌噌地开了门。还没回过神来，搬家公司的小哥已经鱼贯而入，将一箱箱行李搬进了她的屋子。

冰菓揉了揉睡意蒙眬的双眼，说道："喂，你们真的走错了。我们这没人要搬家啊！"

嘴里这么说着，冰菓心里却有些狐疑——难道是她那个又懒又古板的酒鬼老爸想通了，决定从饭店搬回来住了？

不过也不对啊，这些行李看起来又干净又时尚，压根儿就和她那个酒鬼老爸挂不上钩啊。

"笨蛋，他们没有搬错！"冰菓还在疑惑，耳畔传来一个极其熟悉的声音。

这声音明明清朗动听如同天籁，听在冰菓耳朵里却如同魔音贯耳。

"望舒，你怎么来了？"

冰菓如同白日见鬼一般，看着某只狐狸十分自来熟地走进客厅，往沙发上轻轻一躺，还十分惬意地伸了个懒腰。

"我来训练你、监督你啊！"登堂入室的某人似乎一点儿也没有察觉自己的行为给冰菓带来了多么大的困扰，他用理所当然的口吻说道，"我知道如今像我这样敬业的老师很难找了，可是你也不用太感恩戴德，只要多弄几道美食孝敬我也就可以了。"

见过厚颜无耻的，还没见过这么厚颜无耻的！

冰菓被某只狐狸气得不怒反笑："就算要训练，你也不用搬到我家里来住吧。王子殿下，我家里太小，只怕容不下你这尊大神……"

所有你还是有多远，滚多远吧！

"的确是小了点儿，可是没关系的，我不嫌弃！"似乎没有看到冰菓眼中噌噌噌往上冒的杀气一般，望舒的语气贱得让冰菓想要发狂，"再说

了，不二十四小时全天候监督你，我怎么知道你有没有偷懒？"

"就算您愿意屈尊委屈自己，可是孤男寡女同处一室，传出去总是不太好的！"冰菓咬牙切齿，皮笑肉不笑地说道，"你说对不对，王子殿下？"

"谁说是孤男寡女啊。放心，还有我呢！"

冰菓话音刚落，另外一个声线妖娆的嗓音已经适时地传到她耳朵里。紧锁的房门不知何时被打开，门开处，一个人带着他招牌式的自恋笑容，出现在冰菓面前。

冰菓这才明白一个残酷的事实——敢情她家的门锁，锁得住小偷，却根本锁不住这两位不走寻常路的大爷。

"镜无心，你又来做什么？也是来训练、监督我吗？"

"不不不，我是来保护你的清白的。"指了指斜躺在沙发上的望舒，镜无心笑得很有几分不怀好意，然后用甜腻得肉麻的声音说道，"当然，你不必太感谢我。以身相许什么的，也千万不用了。你只需要一日三餐，多给我弄几道好吃的美食就可以了。"

这两个妖孽，一个比一个无耻。

冰菓欲哭无泪，做垂死挣扎："我有拒绝的权利吗？"

"你说呢？"

两只妖孽齐刷刷地挑眉，甩给冰菓一个"大爷屈尊降贵到你这小破屋，不嫌弃你也就算了，你还敢嫌弃大爷，你是不是不想活了"的眼神，两道凌厉的眼风骇得冰菓小心脏顿时"扑通扑通"狂跳。

"我觉得，你们似乎没有给我拒绝的余地。"认清形势比人强的冰菓，小声地嘀咕了一句之后，也就不怎么愉快地接受了这残酷的现实。

算了，大丈夫……不，小女子能屈能伸，君子报仇十年不晚。你们这两个妖孽，就等着吧，总有一天，她冰菓会把今天的账连本带利给收回来的！

两人甩给她一个"算你识相"的眼神之后，镜无心就开始四处打量他的新居。

而望舒则清了清嗓子，一本正经地说道："好了，我们开始训练吧。"

冰菓斜睨了他一眼，道："拿什么训练？"

这家伙，难道不知道巧妇难为无米之炊吗？

"放心，我早就给你准备好了。"从行李堆里拖出一个箱子打开，望舒指着一大箱圆滚滚的胡萝卜说道，"喏，这就是你今天的任务。把它们全部切成粗细均匀的萝卜丝，你的训练就算完成一半了。"

"这么多！"看着那小山堆一样的胡萝卜，冰菓顿时觉得头大无比。这家伙，是故意来折腾她的吧。这么多胡萝卜切完，她估计连拿刀的力气都没有了。

"刀工这种东西，除了熟能生巧，勤加练习之外，没有任何取巧的办法。"将一根胡萝卜抛向半空，随即，望舒的手变戏法似的在半空中轻轻一抓，一堆细而均匀的胡萝卜丝已经稳稳地落在了他的大掌之中，不仅没有一根掉落在地上，更为神奇的是，这些胡萝卜丝还保持着一根完整胡萝卜的形状。

"看清楚了，什么时候你能将胡萝卜丝切到这种程度，我们再来进行下一阶段的训练。"

没这么作弊的好吗？他用的是法力，而她这是纯手工，这两者能够相提并论吗？

冰菓很想罢工不干，可一看某只狐狸那充满威胁的小眼神，大有她只要敢罢工他就撂挑子的架势，她只得英雄气短地说道："那剩下的一半训练呢，是什么？"

望舒斜靠在沙发上，笔直修长的双腿就那么随意一放，已是一道美丽而诱人的风景线。

"剩下的一半，当然是给本大爷我做一顿丰盛可口的美食啊！"

某只狐狸假公济私得理直气壮，偏偏冰菓还敢怒不敢言。

这家伙，还以为他有什么高招呢！原来也不过如此，早知道这样，她自己训练就可以了，何必还请两尊大神回来伺候！

看着冰菓碎碎念的樱桃小嘴，某只狐狸露出了一抹意味深长的笑——丫头，你以为只是这么简单吗？你太天真了！

2

一小时四十五分钟后——

天真的冰菓从来没有想到自己也会有切菜切到手软的一天。

望着还有小半筐的胡萝卜，冰菓简直有些欲哭无泪。

可偏偏某人还不肯放过她，一顿巡视之后，望舒将冰菓半天的劳动成果几乎批评得体无完肤——

"冰菓，是我高看了你，还是你对青石的喜欢，也不过如此？"

飞快地扫视了一眼堆得像小山一样的胡萝卜丝，望舒漂亮的眼眸里透着淡淡的失望。他的语气其实并不算太严厉，却让冰菓感觉到了一种莫名的压力和汗颜，"还是说，你心里压根儿瞧不起切菜这件事，所以你从来都没有重视过它？"

"我……"冰菓想要反驳，可是想想自己以前的态度，再看看面前那些粗细不均的胡萝卜丝，"没有"二字，就怎么也说不出口了。

"切菜是一门很大的学问，刀工不是你想象的那么简单。"见她面有愧意，望舒轻轻地叹了一口气，继续说道，"一个好的切墩师傅，可以将一根胡萝卜随心所欲地切片切丝，厚薄粗细都尽在他的掌控之中。当一个人的刀工达到登峰造极之时，他甚至可以在掌心上切菜，在豆腐上雕花。你也算是半个厨师了，应该知道所谓的美食，必须是色、香、味、形俱全的。你刀工的好坏，会直接影响到你食物的口感和造型。所以虽然一个一流的厨师，他未必会亲自动手切菜，但他一定得有扎实的基本功。"

顿了顿，望舒又接着补充了一句："冰菓，你应该明白，刀工也是你对厨艺的一种态度！就像你对青石的喜欢一样，如果你真的有你说的那样喜欢他，那么为了你喜欢的人认真努力，不应该是一件愉快的事情吗？为什么你会觉得那么痛苦呢？还是说，你压根儿没有你自己想象的那么喜欢青石？"

"你可以否认我的厨艺，批评我对刀工的错误态度，可是，你不能否定我的感情！"如果说一开始冰菓还是一副虚心受教，略带羞愧的表情，

那么此刻，当望舒的最后一句话脱口而出时，冰菓眼中的神情已经由后悔、歉疚变成了倔强和毫不妥协，"你不是我，你怎么知道我不是认真的？你怎么可以轻易玷污我的真心？"

冰菓双手紧握成拳，雪白的贝齿用力地咬住嘴唇，小小的脑袋半仰着，像葡萄一样乌溜溜的大眼中闪烁着亮晶晶的光芒。

有那么一瞬间，望舒似乎觉得，那些亮晶晶的东西下一秒就会化作泪水，汹涌而出。然而冰菓却将牙咬得死死的，似乎并不想在他的面前失态。

垂眸掩住了眼底的风云起伏，望舒用平板得没有一丝感情的音调掩住了自己心中的愧疚："你的真心有多少，我并不关心。我只知道如果你想要赢得青石的好感，改变他对你的看法和印象，就必须用自己的汗水和努力来换取！所以该怎么办，你自己决定吧。"

说罢，望舒看也不看冰菓一眼，转身就走，一边走，望舒凉凉的声音还一边传入冰菓的耳朵："对了，忘记提醒你了，现在离午饭时间还有半个小时。今天的午饭我要吃南乳稻香肉、木瓜炖鸡、肉末烤茄子和水煮肉片。这也是训练的内容之一，你自己看着办吧！"

这只该死的狐狸！他以为她是厨神啊？半个小时怎么可能做出这么多道菜！

偏偏老天似乎没有听到她的抱怨一般，一直悄无声息的镜无心突然不知从哪里冒出头来，对冰菓补了一刀："还有我，还有我，我要吃菠萝咕咾肉、奶油鸡肉卷。"

这两个妖孽，是存了心要欺负死她吗？

冰菓悲愤地反抗道："我抗议，没有食材怎么做？"

"这个嘛，你就不用操心了。"仿佛早就算到了冰菓的反应一般，某只狐狸轻松地回答道，"食材都在冰箱里，保证都是最新鲜顶级的。所以嘛……"

望舒的话并没有说完，冰菓却从他琥珀色的眸子里看到了浓浓的挑衅——所以嘛，如果做不出美味的菜肴，你就是个废材！

哼哼，该死的家伙，居然敢看不起她！

她发誓，她一定要拿出看家本领来让他明白——她才不是什么废材呢！她是集天赋和智慧于一身的无敌美少女厨师！

她一定要让他拜倒在她的厨艺之下！

3

不想做废材的冰菓同学，拖着疲惫的身躯，使出了浑身解数，终于做出了一桌色、香、味俱全的美食——

红色的汤汁、白色的蒜末、嫩黄的菠萝、金色的肉块、青红辣椒点缀其中，甜香诱人的菠萝咕咾肉分明就是一场视觉和味觉的盛宴。尤其是略带蒜味的酱汁，酸甜可口，再配上浓郁的果香味，整道菜好吃得让人几乎想要吞掉舌头。

烤熟的鸡肉香气混着奶油的特殊香味，光是闻一闻，已让人忍不住食指大动，再配上一点儿蓝莓酱或者覆盆子酱，一道奶香十足、十分开胃的

奶油鸡肉卷就大功告成了。

嫩滑可口的肉片，浸在红亮亮的豆瓣辣酱里，花椒的鲜麻、蒜香的浓郁、辣椒的独特鲜香混合在一起，再配上香菇、土豆、鲜笋、青笋片等蔬菜，一道麻辣鲜香开胃的水煮肉片足引得人口水直流……

就连冰菓自己看着这一道道的美味佳肴，呃，虽然卖相还是差了一点点，但那个香味也令她忍不住咽了咽口水。她几乎可以想象，望舒和镜无心那两个吃货在看到这些美食之后，会有什么样的反应。

"开饭啦！"将饭菜摆上桌后，冰菓拿起筷子正准备大快朵颐，然而从身后伸出来的一条长臂，却将她手中的筷子飞快地抢走。

"我说过你能吃这些菜吗？"一边夹了一块咕咾肉送进嘴里，望舒一边半眯着眼睛，十分享受地说道，"味道……马马虎虎，勉勉强强吧！"

看着一边说味道马马虎虎，一边大块大块将菜肴送入口中的某只吃货，冰菓不由得气不打一处来："凭什么？我自己做的菜为什么我不能吃，难道还要经过你的同意才行？"

"当然。"伸出灵巧的舌头，舔了舔滑落在唇畔的汤汁，望舒理所当然地答道，"从今天开始，你每顿吃什么，由我说了算！"

"理由呢？"冰菓忍了又忍才没让自己爆发出来，看着那些近在咫尺，却只能看不能吃的美味佳肴，冰菓感觉自己都快要哭了。

"没有任何理由。"望舒用菜市场挑菜一样的眼光，上上下下仔仔细细地打量了冰菓一番，然后十分嫌弃地说道，"相信我，就算有我也不想说出来打击你已经脆弱得不堪一击的自尊心了。所以，你还是不要知道的好。你只要明白，这也是训练的一项内容就行了！"

望舒虽然没有明说，可他嫌弃的眼神和举动却早已告诉她，这家伙，分明是在嫌弃她胖嘛！

虽然明知道他是为她好，可是身为一个地道的吃货，美食在前，冰菓觉得自己实在不能忍受这种惨无人道的待遇。

于是她抗议道："又要马儿跑，又要马儿不吃草。望舒王子殿下，这世上哪有这样的好事。你未免也太苛刻了吧！如果不能有一个足够的理由说服我，我，我……我是绝不会放弃这些美食的！"

"那还不简单吗？理由只有三个字——你太胖！"闻言，正在埋头大快朵颐的镜无心闲闲地说了一句。虽然只是轻描淡写的一刀，却精准到位，直中冰菓要害。

你才胖呢！你全家全小区都胖！

冰菓怒目而视，恨不得将那盘菠萝咕咾肉扣在镜无心那张绝色妖孽的脸上。

"怎么，不服气？"见她一副敢怒不敢言的模样，望舒挑眉瞟了她一眼。那模样，大有她但凡敢说一个"不"字，他必将惩罚进行到底的架势。

"我哪敢！"屈服在某人淫威之下的冰菓小声嘀咕了一句，"但是你总得告诉我，我的午餐是什么吧？你总不能让我饿着肚子训练吧？"

"你的午餐吗……"望舒的笑容里，很带了几分幸灾乐祸的意味，"当然是你今天的劳动成果啊。"

目光落在那堆小山一样高的胡萝卜丝上，望舒以十分愉悦的口吻说

道："至于是清蒸还是水煮，是煲汤还是煎炒，随你选择。"

清蒸胡萝卜丝……

水煮胡萝卜丝……

胡萝卜丝煲汤……

胡萝卜丝煎炒……

冰菓的眼前仿佛出现了一幅胡萝卜丝漫天飞舞的画卷，一口老血差点儿从她喉咙里喷了出来，她气得直跳脚——你才吃胡萝卜丝呢，你全家都吃胡萝卜丝。呜呜呜，这家伙，真当她是只小白兔了吗？

"当然，我也不能让你只吃胡萝卜丝度日对吧？所以呢，冰箱里还给你准备了些其他食物。"将冰菓沮丧、绝望的神情尽收眼底，望舒唇角情不自禁地扬起一抹愉悦的笑。

"真的？"冰菓眼前一亮，近乎讨好般地对望舒笑道，"那我每天都可以吃些什么？"

"苹果、梨、香蕉、牛奶、鸡蛋、鱼肉、蔬菜管饱，主食一天只能吃中午一顿，晚饭只能吃蔬菜和水果。能清蒸绝不油炸，能水煮绝不煎炒，当然，此水煮非彼水煮。白水煮菜，营养健康绿色环保你懂的。"看着冰菓越来越黑，越来越扭曲的小脸，望舒十分邪恶地笑道，"怎么样，丫头，我对你好吧？你现在是不是觉得感激涕零呢！"

好，实在是太好了！

对于一个吃货来说，没有什么比让她看见美食不能吃更"好"的事情了。她实在是太"感激"他了！

感激得她很想在他的饭菜里下点儿泻药什么的，或者直接将他人道毁
灭更好！

呜呜呜，天天都吃胡萝卜丝，这日子已经没法过了……

4

接下来的一段时间，冰菓果然生活在水深火热之中。

除了上课，她每天的生活就是训练、训练，还是训练！

在望舒严厉的监督下，冰菓的刀工用突飞猛进来形容也不为过。

虽然还比不上大酒店里专业的切墩师傅，但是比起以前的冰菓来说，
完全是一个由量变到质变的飞跃。

看着那一根根整整齐齐、粗细均匀的胡萝卜丝，冰菓觉得自己虽然累
了一点儿，但心里还是甘之如饴的。

当然，如果不用每天吃那些她看到就反胃的减肥餐，不用每天坚持不
懈地跑上几千米的话，这世界就更美好了。

嗯，如果再去掉那个该死的镜无心每天各式各样的破坏计划，和他持
之以恒地对她进行美食诱惑的话，这世界就完美了。

然而想象总是丰满的，现实总是骨感的。如果说镜无心的骚扰是可恶
的，望舒的魔鬼训练则是超级无敌变态的！

"我不要做了，我已经没有力气了。"

在切完了一筐土豆丝，跑了五千米之后，冰菓的力气早已消耗殆尽。

此时此刻，她恨不得能够马上大吃一顿，再躺上床美美地睡一觉才好。可偏偏望舒还不肯放过她，非要她做完五十个仰卧起坐才肯让她吃晚饭。

这家伙，是要累死她才甘心吗？

长时间的沉默和压迫，带来的是爆发性的反抗和还击。冰菓一想到这些日子以来受到的"折磨"，就不由得怒火中烧，"王子殿下，我郑重地通知你，从今天开始我不要再吃什么减肥餐，不要再跑什么马拉松了。我要正常饮食，我要吃好多好多美味，我不要再每天青菜鸡蛋胡萝卜这样过日子了！"

对某个罪魁祸首怒目而视，冰菓继续义愤填膺地说道："这才不到一个月，我已经瘦了整整十斤了。再减下去，我就瘦成一根竹竿了。所以我现在是通知你，而不是和你商量——我，不要再减肥了！"

离瘦得像根竹竿还有一段距离的冰菓，说起大话来也脸不红心不跳的。累极饿极的她，眼前仿佛出现了无数鸡腿、牛排、乳鸽、甜品、冰激凌漫天飞舞的情形。

那些仿佛在向她招手的美食，让她甚至忽略了望舒沉默得有些反常的神情。

"啧啧，冰菓，你不是减肥减得眼花了吧？你确定竹竿有长得像你这样的吗？"屋子里一度陷入沉默，随即又被镜无心略带嘲讽的声音打破了这份诡异的宁静。上上下下打量了冰菓一番之后，镜无心又接着补充了一句，"不过，你说得没错，你确实不用减肥了。你这样子，真是丑死了！还不如当初那个小肥妞好看呢！"

"闭嘴！"镜无心话音未落，呵斥声已由冰菓和望舒口里异口同声地说出。

"闭嘴就闭嘴。"一向随心所欲、我行我素的镜无心，在看见望舒和冰菓脸上山雨欲来的表情后，竟破天荒地收敛了不少。眼睛在两人之间滴溜溜一转，他又伸了个懒腰，不怕死地嚷嚷道，"哎呀呀，饿死我了。冰菓，今晚我们吃什么呢？既然你不用减肥了，不如咱们煮个火锅来吃吧！听说火锅的味道可是很美味，来人间这么久，我都还没尝过呢。"

火锅！

一想起这两个字，冰菓就忍不住咽了咽口水。

呜呜呜，她已经有多久没有吃过火锅了！那种麻辣鲜香的味道，简直是太让人怀念了。

不行了，去它的减肥，去它的魔鬼身材！说什么她今天也要吃一顿火锅再说！

一念至此，冰菓毫不犹豫地点了头答道："好！咱们今天就吃火锅。"

"那就这么愉快地说定了！"镜无心眼底有狡黠的光芒一闪而过。

"不行！"冷冷地瞟了一眼镜无心，丢给他一个警告的眼神，望舒不怒自威的神情中，隐隐带着几分杀气，"谁同意你们吃火锅了，你们问过我了吗？"

"你！"冰菓刚要说话，却被望舒一把抓住她的手，将她带向卧室，"放开我，你要干什么？"

"别害怕，我不会吃了你的。"不知为何，方才还怒气冲天、山雨欲

来的望舒，此刻却突然变了个人似的，对冰菓笑着调侃道，"你不是我的菜，所以，安心！"

说罢，他还以评头论足的姿态，挑剔地看了冰菓一眼。那神情，就只差没在额头上刻上"嫌弃"二字了。

说来也是奇怪，他明明就只是一个轻描淡写的眼神，却比刚才那种怒火燃烧的样子更让冰菓在意。

她下意识地低头瞥了瞥自己，方才那种就算天塌下来，也得吃到火锅的坚定居然消失了一大半。

心里这么想着，冰菓嘴里却毫不示弱："那你到底要带我去哪里？别耽搁我吃火锅！"

"我曾经承诺过，等你成功减肥十斤之后，我会送你一件礼物。现在我就带你去看那件礼物。"一边拖着她马不停蹄地走进卧室，望舒一边云淡风轻地说道，"至于要不要吃火锅，等你看完这件礼物再自己决定吧。相信我，如果你那时候还坚持要吃的话，我是绝对不会阻止你的。"

什么，望舒要送她礼物？

虽然望舒曾经是这么说过没错，可她只当那是他用来鼓励她的镜花水月，也没放在心里。没想到这家伙居然是个一诺千金的主！

可是，为什么她总是有一种黄鼠狼给鸡拜年，没安好心的感觉呢？

"那啥，你要送我什么礼物啊？"见望舒朝自己递过来一个包装十分精美华丽的盒子，冰菓突然间竟有些忐忑起来。

"拆开来看看不就知道了！"望舒耸肩一笑，故作神秘。

"哇，好漂亮的公主裙！这……真的是送给我的吗？"

纯白的公主裙，款式其实十分简单，可是那柔软的雪纺，完美的线条，点缀其间的迷人白色蕾丝边和高贵复古宫廷感的泡泡袖，一眼就谋杀了冰菓的视线。她简直无法想象，望舒居然会送这样一件看起来就十分昂贵的礼物给她。

"不然呢？"将她梦幻一般的表情尽收眼底，望舒忍不住莞尔笑道，"傻丫头，你不会以为自己是在做梦吧？"

"可是……"

这件集高贵、优雅、迷人、奢华为一体的公主裙美则美矣，高腰的设计也的确能够勾勒和突显女生完美的身段。可，这不应该是给那些公主一样的女生准备的吗？如她这般的丑小鸭，真的可以穿这样的公主裙吗？

"你觉得我能穿得上这条公主裙吗？"

"穿不穿得上，试试不就知道了吗？"转身将卧室留给冰菓，望舒略带深意的声音在她耳畔回荡，"记住，永远也不要急着否定自己。也永远不要随便小看自己！"

望舒让她不要小看自己，可是镜子里的那个女生，还是她自己吗？

吹弹可破、雪白无瑕的肌肤，水灵灵、乌溜溜的大眼睛，圆圆的包子脸消失不见，虽然还有一点点的婴儿肥，可脸上的整个轮廓明显比从前瘦了很多，甚至还露出了一点点美人沟下巴。

镜子里的女生甜美俏皮，优雅可爱。就连向来让她自卑的身材，也整整小了半圈。

虽然腰上依旧有些不太可爱的肉，虽然依旧有些大象腿，虽然身形并不能像模特那么完美，可比起从前的冰菓，简直是天壤之别。

这些日子，冰菓一直忙着训练、做菜、减肥，每天累得连照镜子的时间都没有，几乎都是倒在床上不到一分钟就酣然入睡。虽然她也称过自己的体重，也听身边的人说过自己瘦了。可是到底瘦到什么程度，她自己却压根儿没有谱。

此刻看着镜子里那个高贵得如同公主一般的女生，冰菓绝对无法将她与从前那个灰姑娘一般的自己画上等号。

"这是哪家的小美人儿跑到我的房间了？"望舒略带讶然的声音，将冰菓从震惊中唤醒。她抬眸对上他的琥珀色的眼眸，将他眼中的惊艳尽收眼底，"怎么样，今晚的火锅还吃吗？"

"望舒……"冰菓低下头，有些羞涩，有些内疚，有些欢喜，还有些说不清道不明的情绪氤氲在口中，无法表达。

这一个多月，她一直在望舒的魔鬼式训练和摧残中度过。

她后悔过，抱怨过，牢骚过，责怪过，虽然最后，她也按照望舒的指示去做了，可她心底一直没有真正相信过他。

直到此时此刻，望着镜子里脱胎换骨的自己，冰菓才猛然醒悟，原来她这一个月的辛苦，一个多月的汗水从来没有白费。可是她欠望舒一份信任和一句谢谢！

然而这一刻，在望舒洞悉一切的澄澈目光下，谢谢两个字却无论如何也说不出口。

而望舒，则一直安静地注视着她，似乎在等待着什么一般。

一时间，房间里陷入一种诡异的气氛之中。

"啧啧……"直到镜无心略带别扭的声音响起，才将两人从这种尴尬的气氛中解脱出来，"你以为穿上公主裙，你就从丑小鸭变成白天鹅了吗？不过是东施效颦，不自量力而已。瞧瞧你那身材，依旧很胖好吗！"

镜无心的声音，一如既往的尖酸刻薄。可是他略微不自然的眼神出卖了他此刻内心的情绪。

"就算我胖，也是可爱的胖。我知道你是故意口不择言的，没关系，我不怪你！"

轻描淡写地还击了一句之后，冰菓便不再与镜无心针锋相对，而是从他身边擦身而过，走到望舒跟前，莞尔一笑道："今晚你想吃什么？我去给你做。"

说不出口的谢意，就让她用美食来代替也不错。

"今晚煲一盅菌菇豆腐文蛤汤来犒劳一下我如何？"似乎看出了她的想法，望舒偏头想了想，笑道，"对了，我还想吃你做的三鲜水煎包。"

"没问题，包在我身上。"与望舒对视一眼，冰菓爽朗一笑道，"干脆再给你做个豆蓉黄金盒如何？"

"没有这样的！"望舒还没说话，镜无心已经忍不住抗议道，"冰菓，咱们不是说好了要吃火锅的吗？君子一言，驷马难追，你怎么能够言而无信呢！"

"不好意思，我不是君子。"冰菓笑得比三月的阳光还要明媚，"我

是'唯小人与女子难养也'的女人，是效颦的东施，是不自量力的丑小鸭，所以出尔反尔是我的权利！"

朝镜无心扮了个鬼脸，看着他气急败坏的模样，冰菓不由得暗自偷笑——果然与望舒相处得越久，她就被他同化得越深。你看，曾几何时向来温顺的她，也变得如此犀利了！

"不吃就不吃，有什么了不起！"被成功忽悠了的镜无心本有些恼羞成怒，可不知为何，下一秒他黑沉得快要能拧出水来的脸又瞬间多云转晴，朝冰菓咧嘴笑了笑，扬眉说道，"我也要喝汤，给我煲一盅银耳蜜枣乳鸽，再来一个菊花鱼。"

"对不起，我——没——空！"冰菓依旧笑意盈盈，说出的话却无比坚决，"做完了望舒的晚饭，我还要接着做仰卧起坐和其他的形体训练。所以不好意思，我忙得很。所以你老人家不管是想吃火锅也好，菊花鱼也罢，请出门左转找隔壁的饭店吧。"

闻言，镜无心再也忍不住爆发了出来："哼，就你那样，就算再减十斤，也是个癞蛤蟆。还妄想吃青石这块天鹅肉。依我看，你趁早死心吧！"

"死不死心是我的事，好像和你没多大关系吧！"镜无心越恼怒，冰菓就越气定神闲，"谁规定癞蛤蟆就没有追求爱情的权利？指不定人家白天鹅自己愿意呢！"

"做你的白日梦吧！"见自己激怒不了冰菓，镜无心的脸色越发难看，"不帮我做完饭，我画圈圈诅咒你永远追不到青石。"

"哼，就不帮你做！"这该死的家伙，不仅处处和她作对，时时贬低她，还经常做出各种幼稚的行为来破坏望舒的计划。要不是看在望舒的分上，她怎么可能一忍再忍。没想到他却得寸进尺，变本加厉。

这回她如果还不给他点儿颜色看，她的名字就该倒着写了！

"哼，有本事你永远别给我做！"冷哼一声，某只孔雀气急败坏，转身就走。

"我有没有本事，咱们骑驴看唱本——走着瞧。"朝他做了一个"慢走不送"的手势，冰菓调皮地吐了吐舌头。

"喂，你们两个闹够了吗？"伸手揉了揉自己的太阳穴，望舒有些头疼地说道，"我说镜无心，你一个大男生，居然和一个小丫头斤斤计较。你害羞不害羞啊？"

冰菓唇角的笑容还没绽开，望舒又恨恨地瞪了她一眼，继续说道："还有你，随便闹闹小脾气，欺负一下镜无心也就算了。该你做的事，还是要做，不准给我偷懒！"

"你是说，让我给他做菊花鱼？"闻言，冰菓有些不服气地嘀咕道，"你不是让我做仰卧起坐嘛，我哪有时间给他做菊花鱼。"

"喂，那个丑小鸭，你说谁呢？"冰菓话音刚落，已经走出屋子的镜无心又蓦地折回身来，气势汹汹地质问道。

"除了你还有谁呢？"丢给镜无心一个白眼，冰菓赌气道，"反正我不管，我今天不想做菊花鱼。"

"好吧，不做就算了。"慢悠悠地叹了一口气，望舒略带遗憾地耸了

耸肩，道，"听说青石爱吃鱼，本来我还想让你做一道色、香、味、形俱

全的菊花鱼去征服他的胃呢。现在看来，你并不感兴趣嘛……"

1

"你肯让我做美食送给青石品尝了？"在听到望舒的那句话后，冰菓星星眼直冒，脸上情不自禁地绽出狂喜的笑容，"这么说，我的训练合格了？"

"你的刀工嘛……勉勉强强算是及格了。"半眯着眼眸，挑剔地打量了冰菓一番之后，望舒才评头论足地答道，"可是某些方面嘛，还有待加强。总之，革命尚未成功，同志仍需努力。所以说千万不要懈怠啊，冰菓同学。"

空欢喜一场的冰菓顿时有些扫兴。

"既然如此，那你干吗还让我做菊花鱼？"

"熟能生巧这个成语你没学过吗？"伸手敲了冰菓一记栗暴，望舒有些怒其不争地说道，"你以为那些所谓的大师、厨神，真的是天才，可以在第一次烹饪某样食物的时候，就把它做得最最完美吗？冰菓你记住，所有的极致，都是经过无数的汗水和无数的失败千锤百炼而成的。有多少付出，才有多少收获！那些不劳而获，永远只是骗人的童话。"

"我知道了。"第一次看见望舒如此振振有词、侃侃而谈，冰菓几乎

要怀疑他是不是被唠叨的班主任老师附身了。不过唠叨归唠叨，冰菓也知道望舒说的是对的，所以也就乖乖地照做了。

听话的孩子总是有糖吃的，不是吗？

抱着这个信念，冰菓终于进入了第二阶段的魔鬼式训练。望舒让她熟悉八大菜系的菜式，并且将其中的经典菜肴每天反复烹饪，美其名曰，是为了锻炼她的熟练程度。但冰菓总是觉得，这家伙是在假公济私，以训练为名，饱自己的口腹之欲！

可每当她有微词的时候，望舒总是能振振有词，引经据典地反驳她。不仅如此，他还变着花样地变换菜单。于是今天他的菜单可能是苏菜的清炖蟹粉、狮子头、鸡汤煮干丝，明天就变成了川菜的宫保鸡丁、鱼香肉丝、一品熊掌，而到了后天又变成了杭州菜的龙井虾仁、西湖醋鱼、叫花鸡。

冰菓总觉得，身为一个吃货，尤其是一个见过世面的吃货，望舒也是蛮拼的！而面对这样一个见过世面的吃货，冰菓就不得不拿出十二万分的精力来应对他。

为了熟练地掌握各大菜系的烹饪技术，冰菓甚至主动跑去向自己老爸取经。

而冰菓爸爸，虽然大多数时候都不太靠得住。但关于做菜，只要是他清醒的时候，还是相当靠得住的。他不只把各种菜系掌握得炉火纯青，而且兴致来了，还会把自己创新的几道菜式教给冰菓。

就这样，在经过了两个多月的起早贪黑，不是在教室里学习，就是在厨房里拼命的两点一线生活之后，冰菓的厨艺终于再上层楼，得到了"教

练"望舒和"陪练"镜无心同学的一致肯定。

"明天做一道糖醋排骨带到学校里去吧。"将最后一块糖醋鲤鱼送入口中，望舒回味无穷地舔了舔遗留在唇角的汤汁，方才意犹未尽地说道，"照这个味道就好！"

这个吃货，每天在家里都吃撑了，难道还没吃够吗？

王子殿下，你这么拼命地吃，也不怕回到妖界的时候胖成一个球，再也不能迷倒万千妖族少女吗？

冰菓忍不住翻了一个白眼，却又蓦地想起了什么一般，眼前一亮。

"等等，你是说……"某个念头在冰菓脑海里浮现，让她有些不敢相信自己的判断。

"没错，就是你想的那样。"看着冰菓脸上绽出的孩子般惊喜的笑容，望舒忍不住莞尔。

"可是他比较喜欢吃的是鱼啊，做个糖醋鲤鱼带去学校不是更好吗？"期盼已久的梦想终于就要成真，冰菓心中多少有些忐忑不安。

"笨蛋！第一，糖醋排骨冷吃风味亦佳，而鱼冷了，腥味就重了，会影响味道和口感。身为一个美食家，我相信这点你不会不明白。"

伸手敲了敲冰菓的脑袋，望舒有些无可奈何地说道："但是第二点，你就未必体会得到了。身为一个一流的厨师，不是别人喜欢吃什么，你就做什么。而是你无论做什么，别人都喜欢吃。只有达到这种境界，你才算真正成功了！明白吗？"

无论她做什么，青石都会喜欢吃。

如果达到这种境界，那她岂不是牢牢地掌控了青石的胃？

一想到这点，冰菓忍不住两眼放光。

不就是糖醋排骨吗，小菜一碟而已！

将切成小段的排骨入沸水内焯水，去掉血沫。再捞出装盘，加盐、花椒、料酒、姜、葱、鲜汤入锅蒸熟后，下油锅炸至金黄色捞出。

再将素油中火烧热，放入冰糖和少许水熬至冰糖彻底融化，再下葱花、姜末爆香，加鲜汤、老抽、香醋、料酒熬煮至汤汁黏稠起锅，再淋上香油，撒上芝麻。一份色泽金黄、酸甜可口的糖醋排骨就大功告成了。

"味道真不错。"拈起一块排骨放入口中品尝了一下味道，冰菓满意地眯了眯眼睛。

这份糖醋排骨的味道，她不敢说登峰造极，可炉火纯青四个字至少应该算得上了吧！

如果青石肯抛开成见尝一尝她做的排骨，她敢打包票他会喜欢上这个味道。而且，经过望舒这段时间的刀工特训，这道菜的样子虽然不算上佳，但总算脱离了从前那种难看的范畴。

可是青石真的会接受她做的食物吗？

冰菓有些头痛地看了看望舒，随即近乎献媚地笑道："王子殿下，这糖醋排骨是让我自己送给青石学长吗？"

"不然呢？难道你还指望本王做你的跑腿红娘吗？"丢给冰菓一个"你想多了"的表情，望舒毫无仪态地翻了一个白眼。

"可是……"冰菓还想说些什么，却被镜无心一口打断，"如果你可

以把这份糖醋排骨分我一半，也许我可以考虑替你把它送到青石手上。"

"你？"瞥了瞥眼珠子都快落到糖醋排骨上的镜无心，冰菓十分干脆地拒绝了他的提议，"还是算了吧，我怕排骨没送到青石学长的手上，反而全都进了你的五脏庙。到时候我岂不是赔了夫人又折兵。"

"哼，小气。"闻言，镜无心悻悻地冷哼一声，道，"真是狗咬吕洞宾，不识好人心。既然你不相信我，那就自己送吧。"

送就送，有什么了不起的！

大不了她早点儿去学校，在别人发现之前，将糖醋排骨塞到青石的课桌里好了。

心动不如行动。冰菓立马提起书包，抱起饭盒朝门外跑去。

"喂喂喂，该死的，你就这么走了，我的早饭怎么办？"身后，传来镜无心气急败坏的声音。

"凉拌！"回头朝镜无心扮了个鬼脸，冰菓银铃般爽朗的笑声，回荡在清晨金色的晨曦中……

2

"菓菓菓菓，陪我去逛街吧。听说夏日百货在大甩卖呢！"

"不想去……"

"菓菓菓菓，我们去打羽毛球吧。男女混合双打，有帅哥！"

"没兴趣！"

"菓菓菓菓，我想吃你做的香菇滑鸡包了……"

"懒得做！"

"不要啊，菓菓。难道你已经清心寡欲，看破红尘了？菓菓快吃药，菓菓别弃疗啊。"

"别闹了，郑球球。"一把拨开郑球球肉肉的手，冰菓有气无力地说道，"让我安静一会儿行吗？"

"菓菓你怎么一副无精打采的样子，发生什么事情了？"伸手摸了摸冰菓的额头，郑球球有些担忧地说道，"还是有人欺负你了？告诉我，我去找他算账。"

"没有。"冰菓深深地叹了一口气，表情显得十分沮丧，"球球，你跟我说句实话。我做的菜真的有那么难吃吗？为什么他总是不屑一顾呢！我都那么努力那么用心了，可他一点儿反应都没有。球球你告诉我，我是不是真的该放弃了？"

"怎么会，我们家菓菓做的菜，是这世上最美味的佳肴了。"闻言，郑球球毫不犹豫地答道，"等等……他？你说的他是青石学长吗？"

"除了他还有谁啊。"冰菓翻了个身，继续叹了口气，"这些日子，我已经前前后后给他送过十来道菜了。可是每一次都如同石沉大海，呜呜呜，球球，我怀疑我没希望了。青石学长对我成见已深，这辈子就算我再努力，估计他都不会回头看我一眼了。"

"别这么说嘛。菓菓你看，这些日子你的进步是有目共睹的。除了刀工越来越棒之外，你人也越来越漂亮了。"郑球球挠了挠脑袋，绞尽脑汁

地安慰道，"我相信精诚所至，金石为开。假以时日，青石学长一定会被你的诚意打动的。"

"有什么用！"冰菓撇了撇嘴，有些不以为然。

人人都说她瘦了，变漂亮了，可是唯有她知道，对她的改变，青石根本没有放在眼里。

这些日子以来，他甚至都没有多看她一眼。两个人明明近在咫尺，却仿佛隔了天涯海角那么远。

她本来还想曲线救国，通过征服他的胃，然后征服他的心。

可是望舒和镜无心那两个挑剔的吃货都赞不绝口的美食，到了青石那里却根本无动于衷。

一次两次她可以当他没有发现，可接二连三的这种情况，让冰菓不得不对自己的厨艺产生了巨大的怀疑。

她该继续坚持下去吗？

如果永远也得不到青石的回应，她是不是也要这样傻傻地等待下去。

"菓菓……"将冰菓落寞难过的神情尽收眼底，郑球球显得有些手足无措，"别灰心，咱们慢慢来，一切总会好起来的。"

"郑球球，你觉得这样欺骗自己的朋友，给她虚幻的希望，是身为闺密应该做的吗？"郑球球的话音刚落，一个熟悉的声音便在她耳畔响起。

"镜……镜无心……"

一张妖娆绝色的容颜在郑球球面前放大，吓得她几乎说不出话来。

"你怎么来了？"抬起眼皮瞥了瞥来人，冰菓有气无力地问道。

"虽然你平时对我不怎么好，可好歹我们相识一场。所以我决定大人不记小人过，来拯救你于水火之中。"

镜无心居高临下，用一种施舍的口吻说道："冰菓，你刚才说得没错。就算你再怎么努力，再怎么改变，可是有什么用呢？那个男生他心里根本就没有你，他根本不会为你的改变而动容。你做得越多，对他来说负担就越重。所以，放手吧！趁你还能保持自己的尊严，勇敢地转身离开吧。"

"你说……我做的一切对青石学长来说，是一种负担吗？"慢慢地睁开眼睛，冰菓乌黑水润的大眼睛里闪烁着迷茫的光芒。

"不然呢，你以为他为什么从来不对你做任何回应？"垂下长长的黑睫，掩住眼底的风云起伏，镜无心信誓旦旦地说道，"难道这些日子青石的反应，还不足以说明一切吗？冰菓，咱们好歹朋友一场，我真的不希望你非要碰得头破血流才肯回头。"

"你说得没错。"自嘲地笑了笑，冰菓眼底的难过和失望之色一闪而过，"是我不自量力了……"

这个道理她早就该明白了，却一而再、再而三地自欺欺人。直到方才镜无心当头棒喝，她心中最后一点儿摇摇欲坠的希冀，才"砰"一声断裂开来。

也许镜无心说得没错，冰菓，你是时候醒悟了！

"镜无心，你怎么能够这样对冰菓说话呢！"见冰菓紧抿着嘴唇，眼中的泪水欲落未落，郑球球焦急地跺了跺脚，道，"菓菓，你别听他胡说八道。我相信成事在天，谋事在人。只要你不放弃，一切就还有希望！"

123

"算了球球，你别安慰我了。我心里明白的！"伸手抱了抱自己的好朋友，冰菓如受伤的小兽一般，声音呜咽，"好了，不说这些不高兴的事了。你不是想去逛夏日百货吗？走吧，我陪你。"

"可这个时候，你不是应该回去训练了吗？"郑球球犹豫地看了冰菓一眼，有些举棋不定。

"今天心情不好，所以我想给自己放一天假。"

嘴角浮起一抹苦涩的笑，冰菓在心底叹息——其实到了此时此刻，她训练得再好，又有什么意义？

"听说，吃甜品可以让心情变好。"眼底有流光闪过，镜无心貌似不经意地说了一句，"不如，我请你们去吃哈根达斯吧。"

"哇，哈根达斯。"一听见美食，方才还犹豫不定的郑球球立刻两眼放光。

"无事献殷勤，非奸即盗。"斜睨了镜无心一眼，冰菓警惕地说道，"镜无心，咱们关系什么时候好到这种程度了？"

"谁和你关系好了。"镜无心目光闪烁，冷哼道，"我镜无心向来恩怨分明。我不过是看在你天天做饭给我吃的分上，还你一份人情而已。你不要想多了！"

"你觉得我天天做饭给你的人情，是一份哈根达斯就能还清的吗？"认真地瞥了瞥镜无心，确定他不是在捉弄自己之后，冰菓才慢条斯理地说道。

"那你还想怎样？"闻言，镜无心狐疑地问道。

"听说苏州路新开了一家'川渝人家'火锅店，味道十分不错……"

眼睛滴溜溜地一转，冰菓笑道，"还有上海路开了家甜品屋，里面的鲜奶木瓜雪梨、椰子冻、杧果果冻慕斯蛋糕都是一绝。"

"没问题，都算在我身上。"意味深长地笑了笑，镜无心毫不犹豫地答道，"你们想吃什么都可以，我请客。"

    3

夜色朦胧。

窗外的月光不知何时躲进了云层背后，屋子里漆黑而静谧。冰菓将耳朵贴在门背后，仔细地倾听了片刻，确定隔壁屋的邻居都陷入熟睡之后，才小心翼翼地打开卧室的房门，踮起脚尖、弓着身子像猫咪一般悄无声息地朝厨房走去。

说起来，冰菓觉得自己也真够惨的，在自己家里找东西吃，还要像小偷一样偷偷摸摸的，估计也就她一个，别无分号了！

都怪镜无心那家伙。最近带着她吃香的喝辣的，害她好不容易减少的食量又再度暴增。

要不是这会儿饿得前胸贴后背，在床上翻来覆去睡不着，她也不会冒着被望舒逮个现行的风险起来偷吃了。

心里一面低咒着，冰菓一面飞快地烧开水，给自己煮了碗鸡茸虾汤小馄饨做消夜。馄饨起锅后，放入调料，再滴香油，撒上点儿碧绿的葱花，一碗香喷喷的小馄饨就新鲜出炉了。

美食当前，冰菓要做的第一件事不是大快朵颐，而是竖起耳朵，警惕地倾听了一下屋子里的声音。直到确认没有危险之后，她才拿起调羹，准备享用美食。

"好吃吗？"

一个小馄饨才送入口中，一个凉薄而危险的声音却凉凉地在冰菓耳畔响起。那声音明明如天籁，可听在她耳朵里，无疑是魔音贯耳。

这个妖孽，她方才还明明没听到他的动静。此刻他却像鬼一样无声无息地出现，分明就是准备抓她一个现行。

要不要这么狠啊！

"味道还不错。"反正抵赖也来不及了，冰菓索性把心一横，厚着脸皮笑道，"你要来一碗吗？"

"不用了。"望舒的语气很淡，眉眼中却隐含着山雨欲来的怒气，"我不想像你一样，把自己胖成一个球！"

这该死的狐狸，不开启他的刻薄模式会死吗？再说她只不过比前几天长胖了几斤而已，哪里就胖得像个球了？

冰菓虽自知理亏，也忍不住有些郁闷。

这些日子积累的各种情绪忍不住在这一刻爆发出来，她舀了一个小馄饨送入口中，狠狠地嚼了几口，仿佛她嘴里嚼的不是馄饨，而是某只讨厌的狐狸。

"我知道我没有遵守约定，可是你也不用这么刻薄吧！"

"原来你还知道我们之间有约定啊？"冰菓不提约定还好，一提起约定，望舒就忍不住冷笑，"我还以为你早就忘到九霄云外去了呢。"

"我没忘。"被望舒灼灼的视线压迫得低下了头，冰菓小声嘀咕了一句，"可是有用吗？人家根本理都不理我……"

"所以你就自暴自弃？"静静地凝视着冰菓，望舒的视线里，说不清是失望多一点儿，还是无奈多一点儿，"冰菓，我原以为你是个勇敢坚强不怕挫折的女生。可是最近我发现，我对你的期待好像太高了。"

"不然你让我怎么办？"望舒的语气比之前明明温和了许多，可不知为何，冰菓听了之后却觉得心里闷闷的，堵堵的，莫名的难受，"难道要我死缠烂打地继续纠缠下去吗？我已经很努力了，可是他连一个机会都不肯给我，你让我怎么办？"

"如果哪天你死了，一定是蠢死的！"琥珀色的眼眸里有复杂的光芒一闪而过，望舒眼底的严厉褪去，取而代之的，是连他自己都没有发现的温柔。

"你这个大傻瓜，就知道相信别人的危言耸听，自己都不动动脑子想想吗？也许他没有回应你，并不是他不想回应你，而是另有内情呢？"

"你是说？"冰菓半信半疑地看着望舒，有些不敢相信自己的耳朵。

"冰菓，你相信我，相信你自己的厨艺吗？"望舒抿了抿唇，不答反问。

"我……"

说真的，这段时间青石的杳无音讯，让冰菓产生了极大的自我怀疑和自我否定。可是此刻看着望舒那双纯澈、饱含希冀的眸子，她竟然鬼使神差地点了点头，道："我信！"

"只要你相信就好！"伸手拍了拍冰菓的肩膀，望舒的眼神柔和下来，语气却十分坚定，"剩下的，就交给我来做吧。"

宁静的下午，操场上热火朝天，到处都充满了青春而活力的身影，教室里却空无一人。

青石大汗淋漓地跑进教室，午后的阳光打在他发型凌乱的脸上，看起来帅气而性感。

拿起课桌里储存的矿泉水一口气喝了半瓶，青石这才感觉体内的燥热被压了下去。

他抬腿正想离开，继续回到操场上将下半场酣畅淋漓的球赛进行完毕，目光却被课桌一角的便当盒所吸引。

这莫非又是哪个女生的爱心便当？

看着画满了各种卡通图案，正中央还有一个大大的青苹果图标的便当盒，青石不由得讥讽地笑了笑。

"真幼稚！"他扬手就想将便当盒扔进垃圾桶里去，却被便当盒里传来的一阵诱人的食物香气所吸引。

肚子适时地叫了一声。

青石终究还是忍不住美食的诱惑，悄悄地打开了便当盒。

一块块色泽金黄、酱汁浓郁的糖醋排骨整整齐齐地摆放在便当盒里。

"嗯，刀工过关。"青石点点头，用手指拈起一块糖醋排骨送入口中。只那一瞬间，浓郁的香味便在青石的味蕾间爆开。

"这味道……"青石半眯了眼，原本漫不经心的帅气脸庞上浮现出了一丝意外和震惊，"怎么会这样？竟然……这么……好吃！"

从他十六岁生日那年开始，他对所有的普通食物都失去了品尝的动力，因为无论怎样的食物，可以满足他的胃，却无法满足他的舌头，还有他空虚的心灵。

他急切地想要尝到一种让他感觉到真正的满足的食物，可是他自己也不知道到底是谁才能做出那样的食物——不只填饱肚子，也能填满心灵，让舌头满足！

几乎是狼吞虎咽般地将便当盒里的糖醋排骨一扫而空，青石还意犹未尽地舔了舔残留在唇角的酱汁。

这便当，到底是谁送给他的？

青石几乎找遍了课桌内外，都没有找到哪怕一丝半点儿的线索。

没关系！既然送了一次，难道还怕没有第二次吗？

青石笃定，便当的主人还会继续向他大献殷勤。

然而这一次，他却似乎是失算了。

仿佛只是为了勾起他的口水和好奇心一般，便当的主人自那天之后，就再也没有出现过。

一个星期过去了，青石终于开始慌乱起来。身体里的每一个细胞仿佛都在向他叫嚣——那样美妙的滋味，一定不能错过！

可是，该如何才能找到便当的主人呢？

瞥了瞥桌上那个土里土气的青苹果图标卡通便当盒，青石顿时计上心

来。他拿出手机，拨通一个电话号码，青石狡黠的声音在屋子里缓缓荡漾开来。

"喂，帮我弄一个寻人启事。对，寻一个便当盒的主人……"

4

"你说什么，寻人启事？"

如果不是白纸黑字摆在眼前，冰菓一定会以为郑球球是在和她开玩笑。可事实告诉她，这个以前在她看来是天方夜谭的奇迹，如今却真实地发生了。

"郑球球，你快掐掐我。告诉我这不是真的！"

青石竟然在校园公告栏贴了一张寻人启事，寻找送他便当的人！

"笨菓菓，就算你不相信我，也得相信你自己的眼睛啊。"看着高兴得手舞足蹈，像个孩子一般的冰菓，郑球球忍不住叹了口气，"这张寻人启事，是全校师生共同见证的。你如果还不相信，可以随便去找一个路人甲问一问，就知道我有没有说谎了。"

"对不起，球球。我不是不相信你！"伸手抱住郑球球，冰菓喜极而泣，"我只是不相信……不相信自己真的做到了！不相信自己真的能够得到青石学长的肯定！更不相信青石学长有一天会悬赏重金来找我。"

冰菓有些唏嘘，有些激动，又有些庆幸。

自那晚她和望舒开诚布公地交谈过之后，她就决定再相信他一次。而

望舒，也终究没有辜负她的期望。

他很快就查出了让她自暴自弃的始作俑者——原来青石没有给予她回应，并不是她做得不够好，而是镜无心在其中捣鬼。他每天尾随冰菓来到学校，趁冰菓不备，把冰菓为青石做的美食据为己有。

而青石压根儿就没看到什么美食，自然也就不会有任何回应。

得知这个消息的冰菓十分气愤，她足足有三天没有理过镜无心。任凭镜无心如何绞尽脑汁与她搭讪，她也坚决不和他说一句话，不为他做一顿饭。

这该死的家伙，平日里小打小闹也就算了，居然敢破坏她"抱得美男归"的大计，简直"叔"可忍，"婶"不可忍！

不过对此望舒的反应则一如既往的平静，仿佛镜无心只是开了一句无伤大雅的玩笑而已，他除了轻描淡写地"训斥"了镜无心几句之外，冰菓在他脸上看不到半点儿诸如愤怒、生气和责怪之类的情绪。

这让冰菓生气之余，心中不由得再次燃起熊熊的打探之火——

望舒和镜无心到底是什么关系？

两人看似是朋友，可镜无心却屡屡和望舒作对，一而再、再而三地破坏望舒的计划。而更让人值得怀疑的是，脾气向来不怎么好的望舒，对镜无心却是百般容忍。

凭冰菓对望舒的了解，这搁在别人身上完全是不可能发生的事情。

冰菓突然觉得，镜无心和望舒也是挺可爱的，一个自恋霸道，一个刻薄臭美，真是兄弟情深啊！

　　基于这个原因，冰菓对镜无心的怒火也瞬间减少了一大半。再加上望舒从中有意无意地调解，两人虽不说和好如初，可至少也能"和平相处"了。

　　就在今天早上，冰菓还在对镜无心碎碎念，告诉他如果青石再无任何反应的话，她就要他将功赎罪，亲自把美食送到青石的手里。正在享受早餐的镜无心吃人嘴软，无奈屈服在了冰菓的"淫威"之下。

　　然而让他们都没想到的是，才一来到学校，郑球球就迫不及待地拉着冰菓，告诉了她青石重金悬赏"寻人启事"的事。

　　哇，望舒果然是智勇无双。他一出马，青石果真就吃到了她做的美食，还大张旗鼓地在寻找她呢！

　　可是，问题来了——

　　她该不该立马去告诉青石，她就是那个为他洗手做羹汤的"田螺姑娘"呢？

　　一整天，冰菓都有些心不在焉的。她总是忍不住想要去看身后的青石，想要看他的表情他的反应，想要告诉他，她就是他想要找的那个人。

　　可是每次头转到一半，她又总是半途而废。

　　她怕看到他眼中无所谓的眼神。

　　她怕他听到那个人是她之后，脸上会露出失望的表情。

　　明明只要她开口，往昔遥不可及的梦想就能实现。但是这一刻，她却胆怯了害怕了退缩了。

　　将她的不安尽收眼底，望舒一反常态地保持沉默。那双琥珀色的眸子里，掩藏着如墨色一般浓重的情绪。

"能安静地上课吗？"在冰菓第一百零一次回头之后，望舒终于忍不住爆发。

"喂，你怎么了？"伸手小心翼翼地戳了戳望舒，冰菓顿时有种满头雾水的感觉。

今天怎么了，太阳打西边出来了吗？

望舒这家伙，平时上课不是睡觉就是神游太空，妥妥的一个"学渣"！可今天这个"学渣"竟因为她上课走神而大发雷霆，这简直是"只许州官放火，不许百姓点灯"嘛！

冰菓有些气恼，有些不解。

而某人似乎根本不愿意回答她的问题一般，只冷冷地瞟了她一眼，又低下头不再说话。

"哼，真是个怪人。"冰菓悻悻地冷哼一声之后，倒也没太在意望舒的反常。

此时此刻，她的全部心思都放在了青石的身上，看着他魂不守舍，看着他一反常态地应付平日里那些他不愿意应付的粉丝，只为了从她们身上得到关于她的信息。

冰菓的心就痒痒的，仿佛有什么在蠢蠢欲动。

"学长，你在找的那个人是男生还是女生啊？"冰菓听到一个女生半是嫉妒半是试探地问道。

只是一个小小的问句，却成功地勾起了她的好奇心。

说来，她从来没有给青石留下任何只言片语的关于她性别的提示。不

过平日做给他的菜，她总是会有意无意留下一些只属于她的独特标记。

或浪漫似水，或柔情万千，不着痕迹地掩藏在她的菜肴里，却不知道，冷漠如青石能不能猜出这些暗示。

"她……是个女生。"回答一如青石平日的风格，简洁干练却异常笃定，让冰菓本就悬着的心瞬间加快了跳动的频率。

她以为他对一切都漠不关心，没想到，他却轻易猜中了她的心思！

"这个女生，对学长很重要吗？"得到答案的女生眼神黯了黯，随即又有些不甘心地问道。

青石沉默了片刻，冰菓的呼吸顿时急促起来。随即，他以温柔却坚定的声音说道："很重要！"

"不过是一个厨子而已，有什么好重要的？"人群中不知是谁小声地嘀咕了一句，却让冰菓刚刚沸腾的心，瞬间冷静下来。

没错，就算她做的菜再好吃，再合他的胃口，她于他而言，也不过是一个厨师而已。有什么好重要的？

他甚至不知道她是谁，不知道她长什么样，她当然不会天真地以为，他对自己有什么想法。

那么青石所谓的重要，又到底是为什么呢？

是他随口的敷衍，或是还有别的什么她所不知道的深意呢？

冰菓百思不得其解，却没有发现一旁的望舒和镜无心在听到青石的回答之后，眼眸中不约而同、一闪而过的复杂情绪。而望舒，身上的气压似乎越来越低了。这种低气压一直持续到放学，连心不在焉的冰菓也感觉到了望舒的反常。

"喂，他怎么了？"以手肘撞了撞镜无心，冰菓朝前方两米处那个帅气的身影努了努嘴。

"我怎么知道。"镜无心耸了耸肩，回给她一个爱莫能助的眼神，半晌，又意味深长地补了一句，"或者，是遇到什么不开心的事了吧……"

堂堂的狐族小王子望舒同学也会遇到让他头疼为难不开心的事？

像他这种万事都不放在心里、泰山崩于前都面不改色的人，究竟什么事情才会让他的心情糟到如此程度？难道，天真的塌下来了？

"喂，你怎么了，不开心吗？"鉴于望舒的反常似乎有些严重，冰菓决定关心一下自己的盟友，虽然她在白天上课时才吃了他一个"闭门羹"。

"与你无关。"冰菓的好心情，让望舒没来由地觉得不高兴。他甚至连眼神都懒得给她一个，只低着头大步朝前，看也不看她一眼。

真是狗咬吕洞宾，不识好人心！

冰菓翻了一个白眼，决定大人不记小人过："那好，那咱们来说说和我有关的事情吧。"

冰菓有些忐忑地咬了咬唇，不知道该不该在这个时机提出这个问题。

"你说。"前进的步伐蓦地一滞，望舒笔直的身子瞬间僵硬了下来。愣了片刻之后，他才冷冷地答道。

"谢谢你望舒。"想了想，冰菓终于硬着头皮说道，"今天青石的寻人启事你也看到了对吧？咱们的目标终于达成了，这都是你的功劳……"

"我只是完成了我的承诺而已。能得到青石的青睐，是你自己的努

力，与我无关！"冰菓不说话还好，一说话望舒的俊颜瞬间又黑沉了三分。

他身上的低气压冻得连身后三尺开外的镜无心都感受到了，美得令人发指的脸忍不住抽了抽，镜无心抚额叹息——冰菓你这个蠢货，简直是哪壶不开提哪壶！

"那……我可以说出真相了吗？"沉浸在自己喜悦里的冰菓不知道她已经踏上了作死的不归路，她顿了顿，有些羞涩地说道，"既然青石已经认可了我做的美食，那么我们接下来是不是应该实行我们的第二作战计划了？"

所谓的"第二作战计划"，就是让冰菓接近青石，并让他慢慢地喜欢上她。

镜无心美艳无双的脸蛋再度抽了抽，他仿佛看到了望舒身上黑雾缭绕、杀气腾腾。

当然，至于他想杀的人是自己还是某人，这就不得而知了。

"不行！"大约是察觉到镜无心的窥探，望舒回过头来，朝他抛去一个凌厉得刮骨不留痕的眼刀，方才抿了抿唇，冷冷地吐出了两个字。

"为什么？"冰菓愣了愣，似乎有些不敢相信自己的耳朵。

"时机还没到！"琥珀色的眼眸似乎黯了黯，望舒淡淡地吐出五个字，语气里却是压抑不住的烦躁。

"那要等到什么时候时机才算成熟？"望舒的冷漠看在冰菓眼里，则成了另外一种意味。想起今天她莫名其妙遭到的池鱼之殃，她忍不住有些冒火，"你总得告诉我一个时间吧？你到底还要我等多久？"

"你就这么迫不及待地投怀送抱吗？"讥讽地笑了笑，望舒的声音如寒冰腊月的天气，让人发寒，"还是说你的感情就这么廉价？"

"你！"冰菓气结，所有的委屈在这一瞬间爆发出来。她漂亮的黑瞳里有雾气迅速氤氲，化作泪水在眼眶中打转，摇摇欲坠。

偏她却倔强地咬着嘴唇，仰起脑袋，逼回了自己的泪水，不肯让自己在望舒面前失态："望舒，你不要欺人太甚！"

"对不起……"她倔强而可怜的模样，让望舒的心莫名地紧了紧。心底暗暗地叹了一口气，望舒垂眸掩住了眼底的风云起伏，"我今天心情不好，所以口不择言了。你不要放在心上。"顿了顿，他又补充了一句，"至于告诉青石的时机，从我个人的观点而言，现在真的还不成熟。当然，如果你不信我，明天就去告诉他也无妨……"

转身，留给冰菓一个孤独而寂寥的背影，望舒的声音幽幽地回荡在夕阳渐沉的夜色里："我，是绝不会阻止你的！"

"不说就不说嘛，有什么大不了的！"有那么一瞬间，冰菓仿佛产生了一种错觉——只要她再这么任性下去，眼前那道落寞的背影，似乎随时都会消失在她的世界一般。

他会离开吗？

这个男生以强势的姿态入驻她的生活，让她从最初的不安，到逐渐的习惯，她想，她早已习惯了他这么一个朋友的存在。

既然是朋友，她就该包容他、相信他！

即便他错了又如何，大不了多等一些时日嘛！

　　这么想着，冰菓心中已经释然。伸腿踢了踢路上的小石子，她忍不住回头对镜无心抱怨："哼，这家伙一转眼就跑不见了，真是个小气鬼！"

　　"没错，他心眼小着呢！"把"落井下石"这四个字发挥得淋漓尽致的镜无心随口附和着，似乎一点也没意识到自己的话有什么不对。他朝着望舒离去的方向，绽出一抹意味深长的笑容——

　　事情，似乎变得越来越有趣了呢！

1

"你们说，青石学长是不是失恋了？"

阳光明媚的清晨，教室里叽叽喳喳的，如同菜市场一般喧闹。而争议的焦点，自然是快到上课依然迟迟不见踪影的青石。

"不可能吧，那是青石啊。这世上还有哪个女生忍心拒绝他的爱慕？别说是告白了，就算他只有一个眼神，我一定横跨刀山火海，飞奔而去。"

"得了吧，就你那样子，也得青石学长看得起你才行啊！"女生话音刚落，立刻遭来一阵毫不留情的嘲讽，"不过话又说回来了，最近青石学长看起来真的有点儿怪怪的，十分反常啊。"

"没错没错，青石学长岂止是反常，简直是茶饭不思、神情恍惚！这样子，不是失恋又是什么？"

"难道，青石学长真的失恋了？呜呜呜，这消息太残忍了。不行，我要去吃份冰激凌压压惊！"

"能让青石学长失恋的女生，到底是何方神圣，好好奇啊！"

女生们匪夷所思的猜测，源源不断地传入冰菓的耳朵。她瞥了瞥身后

依然空着的座位，唇角忍不住抽搐起来。那似笑非笑的表情，看起来怪异极了。

失恋！

这些女生的想象力可真够丰富的，居然能把青石的反常联想到失恋上去，也真是蛮拼的！

不过，也难怪这些女生会做如此大胆的猜想，实在是青石最近的行为太怪异了。那种失魂落魄的样子，如果她不是知情者，只怕连她自己也会以为他失恋了！

说起来，望舒也真能忍，足足吊了青石半个月的胃口，却一直不肯让她向他揭开谜底。

任凭青石使尽浑身解数，通过各种渠道，也没能查到那个向他送美食的神秘厨师是谁。

不过，到了这种程度，火候只怕也差不多了吧？

冰菓下意识地朝望舒看去，目光正好撞上他的视线。

"可以了吗？"她挑眉，悄悄丢给他一个眼神。

望舒垂眸，眼底看不到任何情绪，沉吟了片刻之后，他才微微地点了点头。

终于等到这一天了吗？

得到首肯的冰菓，禁不住欣喜若狂。狂喜之余，她又忍不住有些忐忑。不知道知道真相之后，青石会有什么样的反应？

万一他在知道给他送美食的那个人是她之后，恼羞成怒，像前两次一

样拂袖而去。她该如何是好？

一份少女情怀，百转千回。

陷入纠结之中的冰菓，早就神游太空。直到下课铃响起，周围同学陆陆续续走出教室，她才在望舒的咳嗽声中回过神来。

下课了吗？

冰菓下意识地摸了摸课桌里的保温饭盒，目光不着痕迹地朝身后的青石望去。

依旧是俊美如神一般完美、沉静的容颜，可是这些日子以来，青石的眼睛里仿佛少了一些什么东西。那深黑的旋涡里藏着的空茫，似乎是她永远也不能触及的深。

如他这样完美的少年，还有什么烦恼呢？

她很想伸手抚平他眉间的皱纹，却深知自己并没有这样的权利。

"真是个傻女生！"某只狐狸的低咒再次将冰菓拉回了现实，她听见他以只有两人才能听到的声音嘲讽道，"快点儿擦干你的口水吧。再不抓住机会，人家就该走了。"

……你才傻呢，你全家全族全妖界都傻！

冰菓瞥了瞥青石那张带着淡淡嫌弃之色的容颜，再摸了摸自己滚烫的脸颊，心中不由得暗自哀号——啊啊啊，冰菓，你到底在干什么？你是来做正事的，不是来犯傻的，再这样下去，只怕要出师未捷身先死了！

"那个……青石同学……"眼见着青石已经走到教室门口，冰菓连忙抓起保温饭盒朝他冲去。

"有事？"漂亮的剑眉微微上挑，青石不易觉察地皱了皱眉头。

"我……"胸口犹如小鹿乱撞，冰菓被头顶那道略带审视的视线压迫得快要抬不起头来。

咬了咬嘴唇，她眼一闭，心一横。直接将手中的保温饭盒递给了青石："这个，是给你的。"

"嗯？"青石并没伸手接，那双漂亮的眼睛里甚至还带了丝丝反感。

"我想，这就是你一直想要找的东西。"

耳畔传来窃窃私语，不用细听，冰菓也知道那是女生们毫不留情的嘲讽声。

此时此刻，她被逼上梁山，早已无路可退，心中反而比先前淡定许多。唇角浮起一抹如春光般明媚的笑容，她气定神闲地说道："相信我，你会有收获的。"

本以为又是小女生那些无聊的把戏，青石早已有些不耐烦。他转身想走，却被她异常笃定的语气给镇住了。

他一直想要找的东西……

难道……

他眼前蓦地一亮，手上却有些迟疑。见他半信半疑，冰菓也不着急，只是静待在原处，毫不迟疑地对上他的视线。

"这是？"终究还是青石败下阵来，他伸手接过保温饭盒，打开。

"如你所见，爱心午餐。"冰菓微笑着为他解惑，"希望能合你胃口，让你满意。"

如果说前一刻青石脸上还云淡风轻、从容不惊的话，那么当他打开保温饭盒的那一瞬间，向来泰山崩于前而面不改色的青石，脸上终于呈现出了一种诡异的抽搐状态。那一刻，冰菓终于在青石身上体会了一把什么叫"惊讶到跌掉下巴"。

"你们看，你们看。冰菓在给青石送午餐啊。快告诉我，我没有眼花！"

"她到底想干什么？东施效颦吗？"

"看她自信满满的样子，不太像啊。你们说……她不会就是青石学长重金悬赏的传说中的那个神秘厨师吧？"

"开什么玩笑，这是我21世纪听过最不好笑的笑话了。"

"可是你们看青石学长的表情……"

女生们的议论，随着青石脸上变幻不定的表情逐渐平息下来。所有人的目光都聚焦在他身上。

此时此刻，青石的面部表情可谓是精彩纷呈、变幻万千。

眼前这个熟悉的青苹果图标和造型别致、色香味俱全的美食，让他很难将之与面前的女生联系在一起。

怎么会是她？怎么可能是她！

虽然只是两次，可她当初做的食物，至今仍让他记忆犹新。

那糟糕的刀工，可谓是惊天地泣鬼神，让他提不起一点儿品尝她食物的欲望。

这真的是这些日子天天给他送美食的神秘厨师吗？

青石迟疑地瞥了瞥冰菓，见她对自己莞尔一笑，脸上的神情不卑不

六、恰到好处。

"祝你有个愉快的午餐时间。那么学长，咱们下午见。"

冰菓挥一挥手，不带走一片云彩。

青石的神情却开始变得有些郑重起来。

他拈起一块排骨，送入口中。这些日子以来让他爱不释手、导致他寝食难安的熟悉而美妙的味道，瞬间在他口中爆开来。

下一秒，青石的粉丝们看见她们的偶像飞快地抄起饭盒，用保护绝世珍宝一样的姿态放入怀中，然后以迅雷不及掩耳之势，飞快地朝冰菓离去的方向追去。

一边跑，青石还一边毫无形象地叫道："喂，那个谁……冰菓……菓菓同学……菓菓，等等我……"

教室里万籁俱寂，一排下巴齐齐掉下。

也不知过了多久，终于有人回过神来。

"今天太阳没打西边出来吧？"

"偶像，你的节操掉了一地，赶快捡起来！"

"你怎么了？你醒醒啊！"

"快告诉我。刚才那家伙不是我的青石！"

"这世道怎么了，我已经跟不上节奏，快送我回外太空吧！"

"神啊，今天真是个奇幻的日子……"

2

对青石的粉丝们来说，今天是个奇幻的日子。对冰菓自己来说，今天的经历用"玄幻"来形容也一点儿都不为过了。

"你说什么？你让我做你的私人厨师！"

继在自己的偶像身上体验了一把什么叫"惊掉下巴"之后，冰菓再一次成功地在自己的身上体验了一把"惊掉下巴"的感觉。

如果不是此时此刻青石就活生生站在她的面前的话，她几乎要以为自己是幻听了。

老天，今天不是愚人节吧！

青石不仅从学校"追"她"追"到了她爸爸的小饭店，还开口邀请她当他的私人厨师。

冰菓兴奋得几乎想要尖叫起来——

真是功夫不负有心人，她成功了！她真的做到了！

她终于在青石的面前一雪前耻，证明了自己的实力。一瞬间，冰菓有种喜极而泣，想要抱着望舒围着房子跳上三圈的冲动。

可是看着青石那双饱含殷殷期盼的双眸，冰菓瞬间淡定了下来。

不不不，她不能这样。偶像面前，她一定要注意自己的形象。

深呼吸了一口气，冰菓强迫自己镇定下来："那个……青石学长，你确定你不是在开玩笑吧？"

做他的私人厨师啊，这样她就可以每天和他面对面近距离相处了。

所谓近水楼台先得月！

她已经成功地抓住了他的胃。冰菓相信，只要再多给她一点儿时间，她一定能够俘获他的心。

所以，这个千载难逢的良机，她一定要牢牢地抓住，不是吗？

"你觉得我的样子是在开玩笑吗？"低沉而磁性的声音从头顶传来，这是青石第一次用如此温柔的声音如此近距离地和她说话。冰菓觉得自己心底深处仿佛被一片羽毛拂过，酥痒难耐。

"菓菓，我以我的人格保证，我是很认真地在邀请你，并且十二万分地希望你能答应我的请求。"

青石那双比夏夜天空最明亮的星子还要闪耀的双眸，正注视着冰菓。那种温柔的宠溺，似水的柔情，让她不由自主地产生了一种"他的眼里只有她"的错觉。

有那么一瞬间，一个"好"字几乎就要脱口而出。下一秒，冰菓却感觉自己放在桌下的脚，被什么重物狠狠地碾压而过，痛得她"嘶"地倒吸了一口冷气。

"你怎么了，哪里不舒服吗？"某人的关切随即而至，与之同来的，还有某人快要杀人的目光。

"呃……没事。腿突然抽筋了而已。"冰菓强忍疼痛强颜欢笑，抽搐的面部表情显得诡异而搞笑。

这只该死的狐狸，他到底在搞什么鬼啊？

　　冰菓甩给身旁老神在在的望舒一个疑问的眼神。

　　望舒不疾不徐地喝了一口热气腾腾的鸡汤，方才气定神闲地朝她摇了摇头。

　　他动作轻微得无法察觉，若不是冰菓和他相处已久，熟悉到只需他的一个眼神就能明白他的心意，只怕她也不能领会他的"深意"。

　　可就是那么小小的一个动作，却如同一瓢冷水泼下，让冰菓心中瞬间发狂起来。

　　这只臭狐狸，他是反对她反对上瘾了是不是？

　　但凡她想做的事，他总是不遗余力地反对她、打击她！

　　以前也就算了，她大人不记小人过，不和他斤斤计较了，可这次这种"千载难逢"的良机，如果错过了，他赔得起吗？

　　万一因此惹恼了她的偶像，让她失去了"近水楼台"的机会，那她岂不是连哭都没地方哭去！

　　"给我一个可以说服我的理由。"冰菓杀气腾腾地地甩给望舒一个眼神。

　　"没有任何理由。"望舒云淡风轻地耸肩一笑，态度却异常坚决，"不行就是不行。"

　　"就没有商量的余地吗？"冰菓贼心不死，还在做垂死的挣扎。

　　谁料望舒压根儿就不买她的账，只甩给她一个"朽木不可雕也"的眼神，便起身扬长而去。

　　"菓菓，你考虑好了吗？"两人之间剑拔弩张的眼神交流，不过转瞬间就完成了，青石自然不能察觉两人之间的波诡云谲。

　　见冰菓沉默良久，他以为她还在顾虑着什么，于是再接再厉地游说道，"我是真心诚意地邀请你做我的私人厨师的。至于薪酬方面，你放心，一定不会让你失望的。"

　　"我不是担心薪酬的问题。"面对男神的温柔攻势，冰菓几乎忍不住要败下阵来。

　　她到底该怎么办啊？

　　一边是男神温柔的诱惑，一边是某只狐狸的威胁和警告。她到底该如何选择？

　　冰菓内心仿佛有两个小人儿在不停地争吵，打架。

　　最终，她还是在某只狐狸"后果自负"的警告中败下阵来，有些不情不愿地说道："只是学长你也看到了，我要帮爸爸打理他的小店，所以实在是没有时间担任你的私人厨师。"

　　为了在男神面前博一个好印象，不至于让男神恼羞成怒，彻底将她打入冷宫，冰菓索性拉出了自己的老爸做挡箭牌。

　　"真的不行吗？"大概是顺风顺水惯了，一向无往不利的青石第一次遭到别人的拒绝，脸上的神情实在是有些微妙的诡异。

　　不过他向来进退有度，风度绝佳，所以在确定挖墙脚无望之后，青石也就不再死缠烂打："那不好意思，打扰你了。"

　　看着偶像带着落寞的背影失望地离去，冰菓的心瞬间碎成了渣渣："如果学长不嫌弃，我以后也可以为你做一些便当到学校当成午餐。"

　　前进的步伐微微一顿，青石回过头来，朝冰菓不置可否地笑了笑，便

转身离去。

那样毫不留恋的态度，与他方才的"求贤若渴"判若两人。

见状，冰菓的心不由得猛地一沉。

她不会那么倒霉吧，就拒绝了偶像一次，偶像从此就要将她列为拒绝往来户了！

那她以前的辛苦，岂不是都白费了？

冰菓还在暗自沮丧，偏巧身边的某只孔雀还不肯放过她，火上浇油地说道："啧啧，煮熟的鸭子都飞了。我真为你可惜！"

好吧，虽然把她的偶像与鸭子相提并论，实在是有些大不敬。可此时此刻，也只有这句话能彻底地诠释冰菓的心情了。

恨恨地瞪了镜无心一眼，冰菓没好气地说道："你不说话，没人当你是哑巴。"

"难道你就不觉得可惜吗？"对她的恶言相向，镜无心根本没有放在眼里，"多年的夙愿马上就能得逞，却在最后关头功亏一篑。说真的，我都替你感到心疼呢！"

他不说还好，一说冰菓的心就忍不住流血。

呜呜呜，这该死的望舒，简直太可恶了。

"镜无心，你到底想表达什么？"看着镜无心眼中毫不掩饰的狡黠的光芒，冰菓警惕地问道。

"没什么，我只是想表达自己与你的同仇敌忾罢了。"耸了耸肩，镜无心十分无辜地说道，"你不觉得，望舒那家伙最近十分讨厌吗？我只是对他有些看不顺眼而已。"

镜无心毫不避讳自己对望舒的不满："别用那种充满'阴谋论'的眼神看着我。我只是觉得这些日子看着你那么认真努力，一点一点地接近自己的梦想十分不容易，连我这个旁观者都为之动容。没想到关键时刻，望舒却因他的自私摆了你一道，让你所有的努力和辛苦都化作了泡影……所以我才发发牢骚而已。当然，如果你认为我有什么阴谋诡计，你大可当我什么都没说过。"

"你是说，望舒是故意这么做的？"被自己听到的内容吓了一跳，冰菓几乎有些不敢相信自己的耳朵。

"我可什么都没说。"镜无心摊摊手，笑得很有几分欲擒故纵的味道。

"镜——无——心！"他越不承认，冰菓越是相信自己的判断。一时间，她有些恼怒起来。

"你这么凶，小心以后嫁不出去。"见冰菓快要恼羞成怒，镜无心小声嘀咕道，"告诉了你，望舒会打死我的。"

"你如果不说，信不信我立马让你见不到明天的太阳。"冰菓半眯了眼威胁道。

"你觉得你打得过我吗？"镜无心冷哼一声，显然不将冰菓的威胁放在眼里，"不过算了，我大人不记小人过，不与你一般见识。但是我首先说明一下，我只是阐述我所知道的事实，至于信不信，由你！"

"知道了，真啰唆。"冰菓翻了个白眼，打断了他的碎碎念，"你放心吧，我不会告诉望舒的。"

　　"其实很简单。我知道你和望舒早有约定，他帮你追到青石，而你呢，则帮他完成我族的'美食祭'。"垂眸掩住了眼底的流光，镜无心不动声色地说道，"我不知道你明不明白'美食祭'对我们的意义。可是对望舒来说，这很重要。他不会允许任何人以任何方式破坏它。因为，这关系到他……"

　　说到这里，镜无心顿了顿，"而恰巧，你们人类对承诺这种东西，并不如我们……那般遵守。所以望舒的担心，自然也在情理之中。"

　　"你是说，他害怕我言而无信？"镜无心的话，让冰菓哭笑不得的同时，又有一些气愤。

　　这个望舒，把她当成什么人了！他和她相处那么久，竟然还如此不信任她。这简直是太过分了！

　　"与其说他不相信你，还不如说他不相信青石。"瞥了瞥一脸恼怒的冰菓，镜无心云淡风轻地说道，"或者说，他不相信他与你的承诺，比得过青石在你心中的地位。万一你与青石真的成了一对恋人，你觉得，青石还肯放你去妖族参加什么'美食祭'吗？"

　　"所以他才一而再、再而三地阻止我和青石的进一步发展？"想起望舒从前的种种反应，冰菓瞬间相信了镜无心的话，"难道他以前的承诺，都是骗我的？"

　　"我们妖族，才不像你们人类这么言而无信呢！"目光闪烁了一下，镜无心很有几分心虚的味道，"我想，他大概只是想让你和青石慢一点儿走到一起罢了。譬如说，等你帮他完成'美食祭'之后……"

"这不是重点好吗？"冰菓也不知道自己的怒火从何而来，总之，此刻她的心情十分不美妙。

"那重点是什么？"镜无心看着冰菓，若有所思地问道。

"重点是……"脑海中有什么东西迅速划过，冰菓终于抓住了重点，"望舒他居然不相信我！"

朋友之间，难道不应该相互信任吗？

冰菓觉得，望舒如果真的当她是朋友，就不应该怀疑她。

对她而言，青石固然重要，他是她青春时光唯一的信仰和目标，是她一直以来努力的追求。

可同样，朋友对她而言，也是不可或缺的。

她不会因为有了青石，就做出"背叛"朋友的事情。

爱情和友情，熊掌和鱼，并不是不能兼得的。

望舒之所以怀疑她的选择，归根结底，是因为他不信任她。

这样的认知，让冰菓伤心之余，又有些愤怒。

她也说不上自己为什么会有这样的情绪，总之，那是一种十分、十分不美妙的感觉。

3

冰菓大厨心情不美妙了，自然也就没有什么心思做晚餐。

所以当望舒和镜无心看见餐桌上简简单单的几个小菜，以及山楂米粥

的时候，表情就变得十分微妙起来。

镜无心下意识地想要挑剔，却又蓦地想起了什么一般，竟破天荒地沉默了下来，乖乖地盛了一碗山楂米粥到一旁默默地数米粒去了。

而望舒，在看到桌上的简餐和冰菓脸上恨不得贴上"我很不爽"几个大字的愤怒神情之后，顿时了然于心。

这小丫头片子，他不过是不让她做青石的私人厨师而已，她居然敢给他消极怠工起来！难道对她而言，青石当真那么重要吗？

一想到这一点，望舒的气就不打一处来。

"不要告诉我，你准备拿这些东西打发我。"冷哼一声，望舒决定将冰菓这种消极的态度镇压下去，"冰菓同学，你还记得当初的承诺吗？"

"原来你还记得我们的承诺啊？"他不提承诺还好，一提这两个字，冰菓的气就不打一处来，"我还以为我们的王子殿下忘记这回事了呢！"

"你这话什么意思？"冰菓毫不掩饰的怒火让望舒下意识地皱了眉。

这样直白的质问，在冰菓身上是几乎从来没有发生过的。难道就因为今天他阻止了她答应青石的邀请吗？

一想到冰菓为了青石居然这样质疑他，不知为何望舒心里就有一股无名火嗖嗖直蹿："你的意思是说我言而无信？"

"不敢。"冰菓嘴里说着不敢，脸上的神情却全然不是那么一回事，"这可是王子殿下你自己说的，我可没说。"

"呵呵，我还真是高估了你的智商。"心中的火苗瞬间被冰菓的态度点燃，望舒气极，不怒反笑，"原以为就算没有傲人的智商和美貌，可你

至少还能将勤补拙。没想到，你除了没有美貌之外，还见识浅薄、目光短浅。有时候，我真想敲开你的脑袋，看看你里面除了装满那些情情爱爱，是不是还塞满了豆腐渣！"

这个该死的目光短浅的笨女人！人家不过是抛了一个眼神、勾了勾小指头，她就屁颠屁颠地跑过去准备把自己卖了！说好听点儿是什么私人厨师，难听点儿还不是伺候他青石的帮工？如果从这样的起点开始，就凭她冰菓，怎么可能让青石拜倒在她的石榴裙下？

别跟他说什么近水楼台先得月！虽然身为妖族，可是他太清楚人性的劣根性不过了——越容易得手的东西，越不知道珍惜。倘若冰菓就这样轻轻松松地答应了青石的邀请，他几乎可以预见，撑死了，冰菓未来最好的前程，也仅止于受青石青睐的"私人厨师"而已。至于什么花前月下、男情女爱，就根本是镜中花、水中月！妄想只靠掌控男人的胃就掌控男人的心，这个女人的智商真是堪忧！

亏他处心积虑地为她筹谋，想要帮她引起青石的征服欲，她不感恩戴德也就算了，还敢给他脸色看，指责他言而无信？笑话，他望舒是那种言而无信的人吗？

一想到这里，望舒的脸色就越发黑沉。

恨不得一巴掌拍醒眼前这个又笨又蠢又固执的女人算了。

而某个又笨又蠢又固执的女人此刻已经快要被望舒气哭了。

这只该死的狐狸，居然说她没美貌又没智慧还满脑子豆腐渣！

虽然她从来不认为自己有多漂亮，也不认为自己有多聪明。可是不知

道为什么，这些话从望舒嘴里说出来，却让她心里堵堵的，闷闷的，异常的难受。

强忍着眼中氤氲的雾气，冰菓仰起脑袋，牙齿用力咬着嘴唇，一字一句地说道："就算我蠢，就算我没有美貌，可我至少还知道'信守承诺'这四个字怎么写。不像某些人，自私自利，言而无信！"

什么，她居然说他自私自利？

望舒瞬间气笑了："既然觉得我自私自利，你大可走就是了，干吗还和我合作？"

"人生一辈子，谁敢保证自己不会眼瞎那么一两次。"冰菓摆出一副"说走就走"的架势，头也不回地说道，"还好，我醒悟得不算晚！"

"你……"望舒被噎得说不出话来。看着冰菓决绝的背影消失在视线里，他下意识地向前跨出了两步，却又不知为何停了下来。呆滞地在原地站了半晌，望舒才从牙缝里幽幽地吐出几个字，"慢走不送。"

"人都被你气走了，你才说慢走不送，不觉得有些晚了吗？"不知何时，镜无心来到他的身边，若有所思地打量着他，"怎么，后悔了？后悔了就去追啊。"

"明明是她不知好歹来气我，我什么时候气她了？"心中的怒火瞬间化为了无形的杀意，望舒冷冷地瞟着镜无心，视线像刀刃一般凌厉，"再说，你哪只眼睛看到我后悔了。她爱走不走，和我有什么关系。"

"我这不是怕你万一后悔了吗？你要知道，这世道从来都是不怕一万，就怕万一……不过只要你不后悔就好。就当我什么都没说过吧。"

镜无心顶着望舒想要杀人的目光，笑得那叫一个云淡风轻，"哎呀呀，怎么一不小心就天黑啦。你瞧瞧，这外面的天色，啧啧，连月亮都没有。马上就要伸手不见五指了。这万一……"

"万一"两个字，就如同一支锋利的箭，瞬间就戳中了望舒的某根神经。

他下意识地抬头看了看窗外，夜色虽没有镜无心所说的"伸手不见五指"那么夸张。可天边稀稀落落的星子，半掩在云层里，的确为这神秘的夜色增添了几分不安的因子。

心中的担忧一下子就浓烈了起来，偏巧镜无心还不肯放过他，继续在一旁添油加醋地说道："说起来，我突然有些担忧冰菓那丫头了。你说她一个女孩子，这么晚了还被人气了出去，万一遇到了什么心思歹毒的坏人，这不是叫天天不应，叫地地不灵了嘛！"

"闭嘴！"镜无心的话如无数的针刺在望舒的心间，带着一种钝钝的痛，让他瞬间烦躁不安起来。

该死的，他刚才到底干了些什么呀？一个大男人，居然和一个小女生斤斤计较。望舒啊望舒，你可真是丢脸丢到姥姥家了！

"怎么，担心了？"将他脸上的担忧和后悔尽收眼底，镜无心了然地笑道，"既然担心，就赶紧出去找吧。别到时候真的后悔了，你可就哭都来不及了。"

"笑话，我为什么要哭？"望舒已经走到门边，又因为镜无心的话折了回来，"镜无心，我告诉你，你少在这里危言耸听。"

"啧啧……望舒殿下，我一向觉得你虽然嘴巴坏了点儿，却敢作敢当，挺有血性的。怎么现在来人间走一趟，反而变得畏首畏尾的了。"望舒越气急败坏，镜无心就越笃定自己的判断。他挑眉不以为然地笑了笑，随即丢出一枚重磅炸弹，"怎么，承认你喜欢上一个人类，有这么困难吗？"

"谁告诉你我喜欢那个丫头了？她要美貌没美貌，要头脑没头脑，还笨得要命！你觉得，她能入得了本王子的法眼吗？"镜无心的话，像踩到了望舒的痛脚，让他瞬间炸毛起来。

"啧啧，别恼羞成怒嘛！"见状，镜无心不怕死地补刀道，"我只说你喜欢上了人类，又没说你喜欢的是冰菓。你这种反应，怎么看怎么像不打自招呢！"

"镜无心，如果你不想见到明天的太阳，你就继续说下去。"恼羞成怒的望舒看着某只讨人厌的孔雀，恨不得找根胡萝卜来堵住他的嘴。

笑话，他会喜欢那个蠢丫头！

这简直是天方夜谭、痴人说梦嘛！

镜无心张了张嘴，似要说些什么，却在听到门外一声轻微的细响之后，眼眸一弯，狡黠地笑了笑："如果不是喜欢，那你怎么解释你在听到青石要冰菓担任他的私人厨师之后那种吃醋的反应，以及你刚才对冰菓的担忧呢？"

"首先，我才没有吃什么鬼醋。"恼羞成怒的望舒没有察觉到镜无心眼底的算计，想也不想地说道，"其次，我之所以担心她，并不是因为我喜欢上了她。我只是为了我们的'妖族美食祭'而已。哼，要不是因为

'妖族美食祭'需要她，你以为我会在意她的死活吗？"

"啧啧，这么说来，还真有些可惜呢。"不着痕迹地瞥了瞥门外，镜无心满意地笑了笑，"我还以为，你们俩会成为一对呢。"

"谁稀罕和她成为一对啊！"

"谁稀罕和他成为一对啊！"

两道声音异口同声地响起，一个外强中干，一个愤怒十足，却又有着十足的默契。

直到此时，望舒才明白自己好像是着了某只孔雀的道了。

看着冰菓脸上毫不掩饰的愤怒，以及她眼中若隐若现的失落和难过，望舒的心没来由地揪了一下。他张了张口，想要解释，话到嘴边却不知为何又变了一个样："你怎么回来了？"

"笑话，这是我的家，我凭什么不可以回来啊？"事实上，冰菓方才也是"离家出走"到半道上，才意识到这个问题的——那是她的家，就算要一拍两散，该走的人似乎也不该是她吧！

想通了这个问题，她毫不犹豫地折身返家。没想到刚回来，就听到了这么精彩的内容！

原来镜无心说的都是真的。他之所以一而再、再而三地阻止她和青石接触，就是不想看到他们之间有进一步的发展。

她那么相信他，可是他呢？为了他的"美食祭"，他居然想方设法地阻止她和青石的发展！原来所谓的承诺、所有的信任，不过都是她一厢情愿罢了……

　　哈，他刚才说什么来着？只是为了"妖族美食祭"，只因为她对他还有用？谁稀罕他的关心，谁稀罕他的担忧啊！她是眼瞎了，才会那么信任他，才会在前阵子辜负了他的信任之后，那么自责！她把他当成自己的好朋友，当成那种就算她有了青石，也绝不能辜负的朋友。而他呢？只当她是棋子，是工具。

　　一想到这里，冰菓心里就觉得莫名的憋屈和难过。

　　有什么东西从眼底氤氲开来，随着眼眶滑落而出，咸咸的，涩涩的。

　　"菓菓，你听我说……"看着冰菓那样难过的样子，望舒心底那只无形的手似再度狠狠地揪了一把，痛得他连呼吸都漏了一拍。

　　该死的，事情怎么会变成这个样子！他刚才都说了些什么啊？

　　那些明明都不是他的心里话，他为什么偏偏脱口而出呢？

　　望舒下意识地想要解释，可是冰菓却并不肯给她机会。垂下卷翘的睫毛，掩住了眼底的雾气，冰菓听见自己的声音冷得像寒冬腊月的天气。

　　"麻烦你让一让，我很累，我想休息了！"

1

冷战像夏天的暴风雨一样，来得激烈迅猛而又理所当然。

当望舒的情绪还在忐忑、惶然、失落和恼羞成怒中来回挣扎徘徊时，冰菓已经忙得不可开交，没工夫理会望舒那些隐秘而又有些难以启齿的情绪了。

爸爸小饭店的生意仿佛一夜之间就火爆了起来。原本生意清冷的小饭店，一时间门庭若市。不说那些忠实的回头客，就连冰菓自己也有些被眼前的场景给吓到了。

一开始被爸爸叫来帮忙的时候，她还以为只是巧合，可一连几天下来，天天如此，她逐渐也就明白了生意暴增的个中缘由。

不得不说，偶像的号召力真是巨大的。

为了和"国民偶像"青石来个近距离的接触和偶遇，制造更多近水楼台先得月的机会，这些粉丝宁可忍受小饭店拥挤的用餐环境和冰菓爸爸忽高忽低、经常发挥失常的做菜水平，也坚决不肯放弃一丝一毫与偶像亲密接触的机会。这种程度，绝对非"死忠粉"莫属了吧！

不过话说回来，冰菓真的做梦也没想过，有朝一日"青尚美食集团"的少东家会放着自己家五星级饭店的美味不吃，却屈尊降贵地跑到他们家这个破旧的小饭店来用餐，而且还按时按点，绝对比上课打铃还准时。

非但如此，他还拒绝了冰菓爸爸的厨艺，钦点冰菓成为他的"御用厨师"。在遭遇冰菓爸爸的"横眉冷对"之后，他也不解释，宁愿付双倍的价钱，也要固执地坚持自己的要求。

一开始，冰菓还以为是爸爸的手艺又发挥失常了，可是在尝过爸爸给望舒做的食物之后，冰菓瞬间打消了自己的这个念头。

明明很美味的一盘番茄牛柳，滑嫩多汁、酸甜可口，淋漓尽致地发挥了冰菓爸爸的水准，青石同学却偏偏对它弃若敝屣、不屑一顾。也难怪冰菓爸爸会那么生气呢！

是该说青石同学人傻钱多呢？还是说他对她的……厨艺已经到了"非卿不可"的地步了？这个想法不过在冰菓脑海里转了一圈，她又瞬间打消了这个有些匪夷所思的念头。

虽说青石曾经竭力邀请她做他的家庭厨师，可连爸爸高水准的厨艺都不能让他折服，平凡如她，真的可以满足青石少爷那个"高贵而挑剔"的胃吗？

2

事实证明，冰菓的担忧是多余的！

　　几天的经验告诉冰菓，无论她做的是什么，在青石眼里都无异于人间美味。哪怕忙得不可开交，她只来得及给他做一份简单的"扬州炒饭"，或者下一碗"鸡汤松茸小面"，青石都可以把它们当大餐一样吃得津津有味。

　　看着青石吃饭时如同孩子般满足而幸福的表情，冰菓心里似乎也被填得满满的。说不出是欣慰多一点儿、满足多一点儿还是感叹多一点儿。

　　曾经以为遥不可及的梦想，如今离她那么近，仿佛只要她一伸手，就触手可及，就能牢牢地将她想要的幸福抓在手心里一般。

　　这种梦幻而又真实的存在，让冰菓唏嘘的同时又隐隐生出几分莫名的甜蜜，让她将因为和望舒的冷战而带来的不愉快也悉数抛诸脑后。

　　再加上小饭店的生意蒸蒸日上，而冰菓爸爸又是个不靠谱的，整天醉生梦死、以酒度日，经常是一边炒菜、一边豪饮，往往菜还没做完，他已经醉入梦乡，搞得冰菓经常手忙脚乱地接过大旗，开始掌勺。

　　冰菓"临危受命"，开始了她的"大厨生涯"。一开始，她还有些忐忑不安，可是没想到几天下来，却收获了好评无数。

　　比起冰菓爸爸参差不齐、时好时坏的厨艺水平，食客们显然更喜欢冰菓稳定而水平颇佳的发挥。

　　"哇哇哇，冰菓，你这道糖醋鲤鱼真是一绝。太好吃了！"

　　"不不不，我更喜欢这道水煮牛肉，麻辣鲜香，色泽诱人，光是看着我就已经流口水了。"

　　"我才不告诉你们我这道龙井虾仁味道也是极好的。爽滑鲜嫩、色泽雅丽，不仅看着赏心悦目，吃着更是滋味独特。"

"你们那些算什么，能把一盘蛋炒饭做出满汉全席的滋味，这才是一绝呢！啧啧，冰菓，还真是看不出啊，你居然有如此厨艺。"

"对啊对啊，真是人不可貌相，海水不可斗量。冰菓，以前是我们小看你了！你这厨艺，比五星级大酒店的厨师长也不差了。难怪连我们的青石也要钦点你做他的御用厨师呢！"

同学们一声声或发自肺腑，或另有所图的赞叹络绎不绝地传入冰菓的耳朵里，让她暗自窃喜的同时又忍不住有些飘飘然。

"大家太过奖了，我没你们说的那么好。"

嘴里这么说着，冰菓的目光却下意识地瞥了瞥人群中央的青石。

别人怎么说她可以不关心，可是青石怎么想，却让她不能不在乎。

嘴微微绽出一抹浅淡的笑，青石放下勺子，有些意犹未尽地舔了舔嘴唇。很明显，刚刚冰菓为他慢火熬制的那盅三菌乳鸽汤并未完全满足他的口腹之欲。用纸巾轻轻擦了擦嘴唇，青石像只欲求不满的小兽，嘟囔着对冰菓说道："我明天还要喝这种汤。"

同学，你确定你刚才的表情不是在撒娇吗？冰菓揉了揉眼睛，一度怀疑自己是眼花了。

"其实，他们说得没错。"下一秒，青石的表情已经变得一本正经。

"啊？"好吧，刚才的确是她眼花了。对青石的变幻莫测，冰菓表示有些跟不上节奏。

"下个月，京城将会举办一场全国厨神大赛，我们'青尚美食集团'也恰好在受邀之列，有一个参赛名额。"将冰菓呆萌的表情尽收眼底，青

石莞尔一笑，道，"怎么样，菓菓。你有没有兴趣代表我们集团出赛？"

"那啥……青石同学，你确定今天不是愚人节吗？"

冰菓脸上的表情已经变得呆滞了——偶像你怎么了，你醒醒啊！这个玩笑开大了！你确定你不是在忽悠人吗？

不只冰菓，就连刚才无论是出自真心实意，或是想讨好青石而夸奖冰菓的众人，也统统惊呆了！

青石喜欢冰菓的厨艺是一回事，代表"青尚美食集团"参赛，又是另外一回事。一个只是自己的个人喜好，一个却关系到集团的荣誉，这其中可谓天壤之别。难道说，青石对冰菓的厨艺已经肯定到这种程度了？

还是说……真如传言一般，青石心仪的对象是冰菓，而美食，不过是他的借口而已。

联想到之前的种种谣言，众人纷纷摇了摇头，顿时生出一种"好白菜都被猪拱了"的感觉。

"怎么，我看起来像开玩笑的样子吗？"青石似乎有些不满意众人的反应，俊朗的眉眼顿时清冷了几分。

"我不是那个意思……只是……"偶像生气了，后果很严重。可是让冰菓更加心慌意乱的，却是青石眼中的认真，"只是学长你也知道的，我以前也参加过……"

想起上次民间厨艺大赛的情形，冰菓就觉得丢人极了。那时候她自不量力地去参加比赛，结果却让青石对她冷嘲热讽，导致他有好长一段时间都不拿正眼瞧她。如今好不容易有了改善，她也凭着自己的努力，一点一

点地让青石改变了对她的看法，并取得了他的认同。她又怎么敢再做出一次不自量力的壮举！

开玩笑，那可是全国性的比赛啊！到时候八仙过海，各显神通。她这个虾兵蟹将，完全不够看好吗！更别说还让她代表"青尚美食集团"参赛了。这可关系到一个上市集团的荣誉和她男神的脸面，如果出现一丝一毫的差错，她拿什么脸去见青石？万一给他丢了脸，她以前的努力岂不是功亏一篑？不不不，她再也不想过那种和青石擦肩而过，他都不拿正眼瞧她的日子。那简直是人间炼狱！

"你这是对自己没信心呢，还是对我的眼光没信心呢？"将她的惶然尽收眼底，青石下意识地皱了皱眉头，沉声说道，"以前是我不对，只知道以貌取人。可是菓菓，你得相信我，也相信你自己。现在的你，的确有这份实力。所以我不会拿集团的荣誉开玩笑，你也不用妄自菲薄！"青石一字一句，俊美的眉眼间是前所未有的认真。

"你说的是……真的？"冰菓仿佛听见自己的心跳"怦怦"加快的声音，刚才的那些自我怀疑和自我否定，全部融化在青石那双如夏夜星空般深邃的眼眸里。

"千真万确。"目光与冰菓平视，青石的声音如梦幻般地传入冰菓的耳朵里，"在我心中，你就是我的厨神！"

"这是表白吗？好感动。"

"当然必须肯定是本年度最有创意的告白！真是浪漫死了……"

"呜呜呜，青石心有所属。我表示我失恋了。"

“人家也失恋了。不行，我要化悲痛为食欲。老板，上菜！”

众人的调侃自动被冰菓过滤，她仿佛觉得自己的心脏已经跳出胸腔，飘飘然地飞到了九霄云外。

你就是我的厨神！多么简洁、直白、有力的表……扬！这种被偶像肯定和认可的感觉，简直不要太美好。

这一瞬间，冰菓觉得以前所有的辛苦和努力都没有白费，那些曾经淌过的泪水和汗水，也终于得到了应有的回报。如果不是众目睽睽之下，如果不是顾忌着在偶像面前的淑女形象，此时此刻，冰菓真想在屋子里大喊大叫跳上几圈。

然而还没容她高兴太久，耳畔一段冷酷无情的嘲讽，已将她从幻想中拉回了现实。

“真是……智商令人着急啊……”某道磁性的嗓音略带遗憾地叹息了一声，说出的话却立刻拉满仇恨值，“有些人长相堪忧也就算了，偏偏智商也拉低了‘二年级一班’的平均水平线。人家给你几分颜色，你还真想开起染房来。有个成语怎么说的来着，叫‘坐井观天’还是‘井底之蛙’来着？不管了，反正都是一个意思，对吧？”

“你怎么来了？”这道嗓音如同一盆冷油一般浇在冰菓身上，不仅没有浇灭冰菓快被青石捧上天去的得意与膨胀，反而变本加厉地让她心中某道压抑已久的火苗瞬间汹涌而出，燃烧成足以摧毁一切的熊熊怒火。

自从和望舒开始冷战以后，她与望舒就像形同陌路的路人，就算面对面擦肩而过，彼此也只会仰起鼻子，冷“嗤”一声，然后正眼也不丢给对

方一个便扬长而去。为了体现自己的骨气，望舒更是连小饭店也不肯踏入半步。宁可挨饿，或者皱着眉头吃那些让他难以下咽的外卖，也绝不为五斗米折腰，向她"乞食"。

冰菓忙着学业，忙着小饭店的生意，也无心与他斗气。没想到她不去招惹他，他却主动找上门来。

"笑话，你打开门做生意，难道还不许顾客上门不成？"虐待了自己的胃足足有半个月之久，望舒每天都在听到自己的胃在向自己抗议。

当然，这并不是重点。重点是连他的心也开始不争气起来，由最初的惶然、不安、忐忑，到后来的懊恼、愤怒，最后却在日复一日的煎熬与冷战中，变成了内疚和后悔。

今天他好不容易为自己做好心理建设，准备来找"某个不知好歹的小妞"和解，谁知刚踏进小饭店，就听到青石怂恿冰菓参赛的对话。

什么？"你就是我的厨神"？这家伙，为了拉拢冰菓，简直是无所不用其极，连这么肉麻的话都能讲得出来！偏偏某人还真的听进去了，看她那飘飘然的样子，似乎已经高兴得找不着北了！

一想到这里，望舒的气就不打一处来，于是什么和解，什么说点好话哄哄她，全被他丢到了九霄云外去了。

伸手拍了拍桌子，他还有些不解恨地愤愤说道："老板，给我来一份糖醋排骨、一份菌菇豆腐文蛤汤、一份麻婆豆腐。"

"对不起，小店生意太好，食材卖完了。同学你明天请早吧！"看着某只狐狸挑衅的样子，冰菓心中早已恨得咬牙切齿，恨不得立刻将他踢回

妖界去。

奈何顾客就是上帝。他用客人的身份来压她，她就算再生气，也不能将他怎样。不过这并不代表她愿意向他妥协。不能将他踢回妖界，她还不能拒绝他的要求吗？

"那你们饭店还有什么食材？给我来碗鸡茸小米粥吧。"知道她是存心刁难，望舒也不在意。好久没吃她做的美食了，他身上的每一个细胞都在叫嚣着饥饿。此刻天大地大，吃饭最大。为了他的胃，他就暂且退而求其次吧。

"要不扒鸡翅盖饭也行。"

"不好意思……"冰菓摊摊手，笑得一脸无奈，眼底却尽是狡黠，"都没了。"

望舒皱皱眉头："那就蛋炒饭吧。"

"恐怕要让你失望了……"冰菓哪肯让他如愿，"今天的米饭也……"

她刚想拒绝，耳畔却响起一个威严而略带愤怒的声音："米饭卖完了可以再做，食材卖完了可以再买，只要客人你不介意多等片刻。你想吃什么，本店就可以为你提供什么。"

"爸爸……"冰菓跺跺脚，看着刚刚睡醒，酒意未去，却一脸严肃的父亲，有些懊恼，又有些无奈。

"你进来，我有话和你说。"冰菓爸爸冷冷地扫视了一眼四周，小饭店里顿时充斥着一种莫名的低气压。

众人纷纷在他冷得像冰块一样的视线中败下阵来，一哄而散。

唯有青石，不慌不忙地站起身来，叫住正往厨房里走的冰菓，不疾不徐地说道："菓菓，刚才我的提议……"

"你的提议，她不会考虑的。"青石的话音未落，便被望舒一口打断。

"谁说的，我……"

这只臭狐狸，当他是她什么人了？他凭什么可以替她做主！

冰菓下意识地想要反驳，却听冰菓爸爸冷哼一声，道："我说的，怎么，有什么异议吗？"

"爸爸……"冰菓气得快要跳脚，却被父亲沉甸甸的目光压迫得说不出反抗的话来。

跺了跺脚，她赌气似的跑进了厨房："你怎么胳膊肘向外拐，不帮自己的女儿，却帮着外人啊。"

"我只是帮理不帮亲而已。"拧开小酒瓶盖抿了一口热辣辣的烧酒，冰菓爸爸皱着的眉头这才微微舒展开来，"对我来说，对就是对，错就是错。不能因为你是我的女儿，就可以忽略你的过错。我不认为这是对你的宠爱，相反，那会害了你！"说到这里，冰菓爸爸顿了顿，在瞥见冰菓一脸的不以为然之后，眉头再次深锁起来。

"你知道你今天错在哪里吗？还是说，你到现在都不觉得自己有错！"

冰菓不服气地踢了踢掉落在地上的菜叶，小声嘟囔道："我本来就没觉得我有……"

　　头顶的视线如利刃一般凌厉，不用抬头，冰菓也能感受到来自父亲的怒火和低气压。从小到大，她甚少看到父亲向她发火。他也很少笑，更多的时候，他都是在沉默和醉生梦死中度过。他仿佛对什么事情都漠不关心一般，除了经营这个小店聊以度日，他甚至连她的成绩也不太上心。

　　可是今天，他却因为一点点小事大动肝火。他甚至不用开口，她就被他的目光压迫得说不出那个"错"字来。

　　"身为一个商人，开门做生意，顾客就是上帝。我们要想方设法满足顾客的要求，可是你倒好，居然三番两次地把顾客往外赶。这是你犯的第一个错误。"见她抿着嘴唇不说话，冰菓爸爸厉声说道，"第二，你骄傲自大、得意忘形。有一点儿小成绩就沾沾自喜。还妄想参加什么厨神大赛，也不掂量掂量自己到底有几斤几两。你朋友说得没错，你不过就是个井底之蛙，看见一方小小的天地，便以为自己看见了全世界。可是我告诉你，你的翅膀还嫩得很，还经不起外面的大风大雨。"

　　冰菓从小就是个心大的孩子。纵然这些年从来不受父亲"重视"，可她也就这么身心健康地长大，从来不觉得自己和别的孩子有什么不同，也不觉得自己有何委屈。

　　然而就算如此，她也没想过自己在父亲心里竟如此"不堪"，仿佛这么多年的委屈一下子找到了突破口，化作怒火口不择言地夺路而出。

　　"都说父母是儿女最好的老师，我有今天，全靠爸爸教导得好。"心中那个尖酸刻薄的小人儿不受控制地宣泄着自己的委屈和愤怒，"成天醉生梦死，将顾客拒之门外的好像不只是我的专利。爸爸你不能只许州官放火，不许百姓点灯对不对！再说了，我从来没觉得自己翅膀长硬了，可以飞了。但是爸爸难道不觉得，一个连做菜手艺都不稳定的厨师，是没有资格来评判和指责别人的吗？纵使我的厨艺再不堪，可在这一点上，我至少比爸爸做得好，不是吗？”

逞了口舌之快的冰菓十分得意，目光却在落到父亲那张沉默得几乎没有任何表情的面孔上后，逐渐黯然了下来。

她这是怎么了？

父亲纵使再不堪，也是她的父亲。

他纵使有再多不是，身为女儿，她又有什么资格指责他。

更何况，就算她觉得自己有天大的委屈又怎样？看他的表情，根本一分一毫也没有放进心里。那么她这样的声嘶力竭，在他眼里是不是就像跳梁小丑一般，根本不值一提？

难道真如镜无心所说，她是充话费送的？

要不然，这么些年来父亲为什么一直冷落她、漠视她，任凭她如何努力，也不能讨他半分欢心呢？

一念至此，冰菓突然觉得有些心灰意冷。

眼中的泪水没来由地夺眶而出，冰菓悄悄地吸了吸鼻子，夺路奔出小饭店。

她不想让父亲看到自己狼狈的模样，却全然不觉身后父亲张口欲言、满是心疼的神情，以及身旁望舒若有所思的目光……

3

从那天起，冰菓就再也没去小饭店帮忙。

一开始她是觉得自己没有错，也拉不下脸来给父亲道歉。后来则是被青石缠得没工夫，也就把这件事丢到了爪哇国去。

自从去小饭店找不到冰菓的踪影之后，青石就"死皮赖脸"地缠上了冰菓。

他一副被遗弃的小狗模样，要她负责他的一日三餐，就只差没对她打滚卖萌撒娇了。

他使出撒手锏，冰菓那点儿薄弱的抵抗力立刻灰飞烟灭，很没节操地竖了白旗签订了这份"丧权辱国"的条约。

虽没有登上门去做青石的"私人厨师"，可冰菓却包揽了他的一日三餐。于是两人除了放学睡觉，简直恨不得时刻黏在一起。

青石一反平日的高高在上，像只乞食的小宠物一般，只要冰菓给他投食，平日里冷峻帅气的容颜恨不得时刻笑成"桃花朵朵开"。

并且这样的笑颜，只为冰菓一个人绽放。

他一副"司马昭之心，路人皆知"的模样，顿时闹得满校风雨，谣言四起。

有说冰菓心机深沉，为了追到美男不择手段，又是投怀送抱，又是使用"美食计"的。

有说青石"瞎了狗眼"，竟然看上冰菓这个貌不惊人的丫头片子。

众人唏嘘万分，总结下来不过一句话——真是一朵鲜花插在了牛粪上！当然，谁是鲜花，谁是牛粪，不言而喻……

冰菓先是有些受宠若惊，然后则是十分享受这种让人有些飘飘然的暧昧状态。

虽然从始至终，她和青石其实并未提及半分"儿女私情"。但是能与偶像如此零距离相处，还愁近水楼台不得月吗？

是以当她接到镜无心的电话，告诉她她爸爸因为酒精中毒、急性胃出血昏迷进了医院时，冰菓还以为这只是镜无心的一场恶作剧。

然而等她再次接到邻居的电话，确定这并不是一场无关紧要的玩笑时，她整个人顿时懵了。

她向来就不是个记仇的孩子，当初的那点子委屈和怨怼，这几天早就被她抛到九霄云外去了。

之所以迟迟没和父亲和好，不过是因为冰菓自觉拉不下自己这张"老脸"而已。

此刻听闻父亲病重昏迷，被送入了抢救室，冰菓顿时吓得魂飞魄散。她一路狂奔，跌跌撞撞地到了医院。

医院里充斥着消毒水的味道，浓烈得让冰菓有些反胃。她发誓，她从来没有如此讨厌过医院的这种味道。

静悄悄的病房里，父亲安静地躺在病床上。苍白得没有血色的容颜，连睡梦中也深锁的眉头，瘀青的下眼眶，无一不在昭示着他的憔悴与消瘦。

什么时候，父亲竟消瘦成这样了！

强烈的后怕之后，是汹涌如潮的自责。

她一直怪父亲疏忽他，其实她又何尝没有疏忽父亲。

就像他从不关心她的所思所想一般，她也从不明白，这些年他的痛楚究竟从何而来。

强忍了一路的泪水再也忍不住汹涌而出，冰菓的身子慢慢滑落在病床边，双手抱膝，将头深埋其间，像个小兽一般呜咽起来。

"伯父已经没有生命危险了，他现在只是暂时昏迷而已，你不用担心。"不知何时来到病房里的男生扶起了冰菓，向来刻薄的嘴里吐出的却是异常温柔的劝慰，"医生说，这次幸好发现得及时。所以只需要好好休养就不会有大碍的。"

熟悉的嗓音让冰菓顿时心安了几分，就如同漂泊在大海里无助的小船找到了栖身的海岛，冰菓几乎是下意识地扑到了望舒的怀中。

触手可及的温暖真实而可靠，面前的男生身上似乎散发着一种特别的力量，让冰菓惶然、害怕的心奇异地安定了下来。

先前压抑的抽泣像是找到了倾泻的出口，号啕大哭的冰菓丝毫也没有察觉自己的眼泪鼻涕早已像水漫金山一般，侵占了望舒胸口的白衬衫。

往日里有洁癖的少年，今天却异常宽容，他没有嫌弃她的邋遢，甚至连眉头也没有皱上一皱，只用近乎宠溺的温柔一遍又一遍地拍着她的后背，轻柔地哄劝着她。

直到冰菓发泄完了自己的情绪，她才从望舒的怀中抬起头来，看了看

望舒胸前的一片狼藉，她顿时羞得面红耳赤，朝他讨好地笑了笑。

"对不起，我……不是故意的。"其实这声"对不起"，是她欠他的。不只是为她上次的故意刁难，也为他这次的拔刀相助。

哭了这么久，冰菓心中多少也想明白了许多问题。这次父亲酒精中毒、胃出血，若不是望舒不计前嫌拔刀相助，只怕后果难以想象……

一想到父亲有个什么三长两短，冰菓心里就不由得一阵后怕。

到此时此刻她才明白，那些委屈也好，争吵也罢，在生死面前，竟是那般的渺小。

她可以什么都不要，什么都不计较，只要父亲健健康康地活着，安安稳稳地陪在她身边。

"你该说对不起的人不是我，而是伯父。"目光越过冰菓的头顶，落在病床上的冰菓爸爸身上，望舒眼神深邃，欲言又止。

"你可知道……自你走后，伯父十分自责。他给你打过电话，似乎是想给你道歉来着。可是你却没有接听他的电话。伯父以为你还在生他的气，所以成日借酒浇愁。再加上从前的日积月累，才会导致这次的酒精中毒。"

父亲给她打过电话吗？

冰菓竟从未注意。

前些日子，她心里赌着一口气，又成日沉迷在青石的似水柔情中，哪还有时间去关注父亲的电话。

一想到这里，冰菓就懊恼不已，觉得自己这些年的日子是白活了，竟越活越"狼心狗肺"起来。

　　"是我的错。前几天我是鬼迷了心窍，总觉得爸爸不爱我，不关心我，所以才会口不择言，对他发脾气。"她向来是个知错就改的好孩子，此刻醒悟了自己的错误，于是立刻检讨起自己起来。

　　"其实，一直以来我对爸爸都抱着很深的心结。从我记事起，爸爸就很少有过笑容，我只知道埋怨他成天借酒浇愁，却不知道他为什么会这么痛苦。所以我并没有资格责备爸爸什么。但经历这次后，我终于明白了一个道理，不管他怎么对我也好，他都是生我养我的爸爸。只要他能够健健康康地陪在我身边，我还有什么好计较的呢！"

　　冰菓说得情真意切，眼里有豁然顿悟的开朗，却浑然不觉病床上的父亲身子动了动，微阖的睫毛轻轻眨了眨，一滴泪水从他眼角滑落而出，随即他又死死地闭上了眼睛。

　　"伯父好像要醒了。"见冰菓爸爸这么多年难得柔软一次的心又要闭合，似乎马上就会缩回自己厚厚的保护壳里，望舒的心动了一动，似想到什么一般，轻轻地推了推冰菓，戳破了冰菓爸爸的伪装。

　　"爸，你没事吧？"前一刻还在认真检讨自己的冰菓顿时飞身扑到了病床前，语气关切，声音哽咽，态度却异常诚恳。

　　"爸，对不起。是我不好！你打我骂我都可以，就是别再拿自己的身体出气了。爸，咱们以后好好的，咱们不喝酒了行吗？"

　　女儿的泪水落到了他的脸上，慢慢滑落至他的唇边，涩涩的，烫烫的，如滚滚的岩浆一般，让冰菓爸爸冻结了多年的血液慢慢解冻，逐渐沸腾了起来。

178

心中似乎有什么东西想要汹涌而出，压抑多年的情绪像找不到出口的洪水，在心里澎湃乱撞。

冰菓爸爸阖上眼眸，老泪纵横，无声无息。

父女俩抱着彼此痛哭一场，也不知过了多久，冰菓爸爸才抬起手，抚了抚女儿漆黑柔软的头发，嘶哑的嗓子里冒出艰难却又坚定的嗓音："菓菓，是爸爸不好，是爸爸对不起你。爸爸这些年太自私了，只顾着自己的情绪，却忘了顾及你的感受。如果你妈妈泉下有知，她一定会怪我的！爸爸答应你，从此以后再也不喝酒了，爸爸要好好的，陪着我的菓菓健健康康地长大、成人、结婚、生子，好不好？"

"爸，你说什么呢！人家还小，人家才不要嫁人。"

第一次听到父亲对自己说如此温暖的话语，尽管他大约是因为羞于表达的原因，声音里还有几分不自然，冰菓的鼻子却忍不住一酸。下一秒，她却娇俏地跺了跺脚，一副小儿女的娇羞姿态，"人家要陪你一辈子。"

"傻丫头，你现在说得好听，只怕到时候……"目光下意识地落在不远处的望舒身上，冰菓爸爸扯了扯唇角，露出一抹意味不明的笑，"就是女大不中留啊！"

"伯父。"见冰菓的目光也跟随而来，把自己当成背景墙的望舒终于有几分按捺不住了。他不自然地轻咳了一声，道，"您大病初愈，我去给您熬点粥养养胃。您和菓菓好好聊聊吧！"

"还是我去吧。"后知后觉的冰菓丝毫没有察觉到自己父亲和望舒之间的诡异气氛，反而被望舒的主动请缨给逗笑了，"你这个不折不扣的吃

货，哪里懂什么熬粥。"

说罢，她对父亲笑了笑："爸，我给你熬点鸡茸小米粥好吗？"

"没吃过猪肉，还没见过猪走路吗？你这丫头，别小瞧人好不好。我虽然没有你和伯父那样高超的厨艺，可是熬个小米粥还是可以的。"伸手拧了拧冰菓的鼻尖，望舒意有所指地笑道，"你呢，就在这里安安心心地陪伯父吧。我想，伯父应该有许多话想要对你说吧。"

这只该死的臭狐狸，他到底知不知道自己在干什么？

察觉到自己竟然在父亲面前被望舒调戏了的冰菓，瞬间石化成了一座雕像。

见女儿傻傻地站在远处，脸上的神色变幻莫测、精彩之极，冰菓爸爸无奈地摇了摇头，看向望舒的目光更多了几分意味深长："那就谢谢你了，孩子。"

"伯父客气了。"望舒转身走出病房，还体贴地替父女俩带上了房门。不过他的人却并未走远，静静地站在病房门口，望舒深邃的眼眸里，闪烁着复杂难辨的光芒——

这一段尘封多年的往事，冰菓爸爸该如何向冰菓提及呢？

4

病房内。

"菓菓，你不是问我，这些年为何会如此颓废，并且从前还不肯教你

厨艺吗？"

　　果然不出望舒所料，沉默了没多久，冰菓爸爸还是徐徐地开了口。

　　"我是很想知道，可是如果这是爸爸不愿意提及的痛楚，我也可以不听。"话还没出口，父亲脸上的痛楚已隐约可见。纵使再迟钝，冰菓也知道这件压抑在心底多年的隐秘，一定是父亲心中无法触碰的痛。

　　"你也不小了，有权利知道真相了。"虽然艰难，冰菓爸爸还是坚定地摇了摇头，"这大概是我人生中最最追悔莫及的一件事。很多年前，我还是一个一文不名的穷小子。那时候我和你妈妈相遇、相知、相爱。你妈妈不嫌弃我，义无反顾地嫁给了我。那时我年轻狂妄，以为我还有大把大把的时间，以为我可以凭自己的本事挣到更多的荣华富贵给你妈妈。所以我醉心厨艺，拼命钻研。我以为我是为了她好，却不知道她真正想要的根本不是这些，我因此疏忽了她，导致她郁郁寡欢。就连……就连……"

　　回忆到这里戛然而止，冰菓爸爸用力地闭上了眼睛，似乎陷入了痛彻心扉的往事之中。直到冰菓牢牢地握住他的手，他才缓缓地抬起头，睁开眼睛，将眼底氤氲的雾气拼命地压了回去："就连你妈妈得了绝症也不知道。直到你妈妈去世之后，我才知道自己究竟犯了多大的错误。可惜，这世上从来都没有后悔药卖，所以……"

　　所以父亲才会借酒消愁，才会一蹶不振吗？

　　到此时，冰菓才恍然大悟。这些年来，她一直以为爸爸不爱自己，不关心自己。原来真相并不是这样。其实他深爱着妈妈，深爱着她。

　　只是，他不知道如何面对她而已……

"菓菓，你会怪爸爸吗？"

病房里传来冰菓爸爸略带不安的疑问，随之而来的，是冰菓清晰而坚定的回答："怎么会呢，爸爸。不管怎样，你永远是我的好爸爸！而且我想，妈妈如果在天有灵，也一定希望看到我们父女俩相亲相爱，过得好好的。那样，她才会觉得安心吧！"

"嗯，好孩子。你说得没错！就算为了妈妈的在天之灵，我们也要过得好好的。"

冰菓爸爸欣慰的笑声遥遥传入望舒的耳朵。

望舒轻轻地吐了一口气，面上的神情却并未因此而轻松多少。

菓菓，如果有一天你知道你妈妈还活着，你会怎么办呢？

1

在医院"休养生息"了三天，冰菓终于在爸爸的"唠叨神功"中败下阵来，和爸爸约法三章之后，冰菓答应了爸爸提前出院的要求。

在主治医生的千叮万嘱中，冰菓给爸爸办理了出院手续。两人在回家路过小饭店的时候，却在饭店门口捡到了一只可怜兮兮的"小狗"。

此刻暮色四合，街头路灯昏黄，天边星子初升。某个修长而挺拔的身影在斑驳的光影中显得寂寥而孤独。

"青石学长，你怎么在这里？是在这边有什么事吗？"

虽然面前的男生一反平日的清冷，眼神雾蒙蒙的，一副迷茫而无助的模样，仿佛迷路的羔羊，又像被主人遗弃的小宠物一般。可冰菓当然不会天真地以为他真的迷路。

见他噘起嘴，摇摇头，冰菓心中一动，难道……

男神是专程在这里等她吗？

心中这么想着，她嘴里就不假思索地脱口而出：

"难道你是在等我？"

男神冷哼一声，丢给冰菓一个"你以为呢"的眼神。

"可是你怎么知道我爸爸今天出院？"冰菓满心不解，却在青石有些赧然的眼神之后恍然大悟。

这家伙，不会一直在这里等她吧？

"我不知道。"青石抿了抿嘴唇，声音虚弱得像刚出生的小猫咪，隐隐地，还带了几分撒娇的意味，"我饿！"

……所以青石大人是在这里守株待兔，等了她几天！

冰菓拍了拍脑袋，顿时有些哭笑不得。

"你不要告诉我，你这几天都没有好好吃饭。"

冰菓当然不会以为自己的魅力能够有如此吸引力。除此之外，青石在这里等她的目的，就只有一个。

难道她做的食物，真的美味到如此程度了吗？

冰菓还在自我怀疑之中纠结，青石的话却再度让她大跌眼镜。

"不是没有好好吃饭，而是除了水和水果，这几天我什么都没吃……"

青石像只小狗一样，可怜兮兮地望着冰菓，眼眸中毫不掩饰的讨好让冰菓怀疑，如果此刻他长了根尾巴的话，一定会毫不犹豫地摇尾乞怜。

这家伙！

真是挑食得可以……

　　冰菓本该高兴，可心中不知为何有些莫名的恼怒，但视线在与他可怜兮兮的目光相遇时，这些情绪又瞬间化作了心疼和怜惜。

　　跟爸爸叮嘱了几句，让他先回家休息之后，冰菓终于扯了扯亦步亦趋地跟在自己身后，生怕她跑掉的某人的衣角，道："先进来吧，我看看冰箱里还剩些什么菜。"

　　"我要吃你做的糖醋排骨、水煮牛肉、银芽炒肉丝，外加一盅丝瓜海蚌汤。"青石如数家珍，开始点菜。

　　天知道，不过才两三天没吃到她做的美食而已，他却好像过了一个世纪那么漫长。

　　从前没吃过她做的食物倒也罢了，可一旦吃过她做的美食之后，别人的食物简直就有些难以下咽了。所以他宁可挨饿，也不肯委屈自己的肠胃。此刻终于有机会，他哪能放过大快朵颐的机会。

　　冰菓丢给青石一个"你好像想多了"的眼神，强迫自己无视某人近乎讨好般的笑容，硬起心肠说道："几天没吃饭的人肠胃虚弱，是不适合吃大鱼大肉、山珍海味的。所以学长你还是委屈一下，用清粥小菜凑凑数吧。"

　　青石一脸幽怨："菓菓你怎么忍心这么对我！"

　　"嗯？""恃宠而骄"的某人挑眉一笑，目光里便带了几分威胁的意味，"学长要是觉得我在虐待你的话，可以另请高明。"

　　"好吧，清粥小菜就清粥小菜。"屈服于她淫威之下的青石只得小声嘀咕道，"不过你得答应我，过两天给我做大餐吃。"

真是只不折不扣的吃货！

青石你的形象呢？从前是那样冷漠、挑剔，但为了美食性格竟然能颠覆到如此地步！

冰菓发誓，以后谁要再说她是吃货，她绝对和他急！

比起青石来，她简直是小巫见大巫，完全不是一个档次的嘛。

冰菓做梦也没想到，从前对青石只敢远观而不敢亵玩的她，有一天真的能够征服他的胃，让他对她言听计从。

该说是偶像一直以来的吃货属性隐藏得好呢，还是她的厨艺魅力太惊人？

一面暗自窃喜，冰菓一面打开冰箱检查了一下里面的食材。

因为几天没有开火，冰箱里空落落的。除了一把西芹和小葱、一颗土豆、一根胡萝卜、几根小青椒、两只皮蛋外加一些干贝和精瘦肉之外，竟什么都没有。

都说巧妇难为无米之炊，这话半点不假！

冰菓想了想，拿出薏米和大米淘洗干净，倒入适量的水煮至米开花。再将干贝与姜片倒入煮出味，加入腌制好的瘦肉粒慢火熬煮，待起锅时，撒入葱花、盐，再滴入两滴香油，一锅咸鲜美味的干贝瘦肉粥就大功告成了。

"真香。"

锅盖才一揭开，屋子里就粥香四溢。青石一反平日的优雅，迫不及待

地盛了一碗粥就要开始大快朵颐起来。

"慢点儿，小心烫。"看他像个贪吃的孩子一般狼吞虎咽的样子，冰菓又是好笑又有些负罪感，"别着急，这里还有小菜呢。"

将加了香油、辣椒油、花椒油、酱油、葱、姜、蒜粒和鸡精的焯水土豆丝与胡萝卜丝拌匀，和青椒皮蛋一起放在青石的面前。

冰菓觉得自己心中的某个角落似乎变得异常的柔软。

这样的时光，如果能够一直持续下去，该有多好！

"这是什么？"没有察觉到她的异常，青石夹了一块皮蛋，眉目间似乎有些疑惑。

……敢情这家伙，以前居然从来没吃过皮蛋。

果真是个五谷不分、四体不勤，不食人间烟火的大少爷！

"皮蛋啊。"冰菓笑笑，道，"味道怎么样？"

"感觉……有点特别。"被冰菓看外星人一般的目光看得有些不好意思，青石偏着头，沉思了片刻才笑着答道，"不过菓菓做的食物都很美味，我都很喜欢！"

你要不要这么赤裸裸地表扬啊，再这样下去，她就该飘飘然了！

还是说，这是青石你的另一种变相表白啊？

冰菓想入非非，脸上笑得快要开出朵花儿来。

"口水擦一擦，快落下来了。"镜无心的声音，还是那么讨人嫌。可让冰菓奇怪的是，他的声音明明很嘹亮，埋头享受美味的青石却似乎丝毫

没有察觉。

这只讨厌的孔雀，肯定是使用什么妖术了。

朝他翻了一个白眼，冰菓没好气地问道："你们怎么来了？"

"菓菓，人家也饿了，人家也要吃你做的美味珍馐。"前一刻还面带讥讽的镜无心突然大变，撒起娇来无师自通，毫无违和感，演技简直可以媲美影帝。

这家伙，难道刚才偷窥到她和青石的对话了？

冰菓有些头疼地揉了揉眉心，目光却下意识地瞥了瞥镜无心身后一言不发的望舒。不知为何，她心底突然有种莫名的心虚。

真是的，她又没做什么见不得人的事，心虚个什么鬼啊！

冰菓板起脸，想要掩饰心底的心虚："美味珍馐你就想多了，清粥小菜勉强还有一些……"

话还没说完，正在专心喝粥的某人就把那锅粥和两碟小菜默默地朝自己面前拖了拖。

青石你的形象呢，你这么护食真的好吗？

"菓菓你怎么能如此厚此薄彼！"镜无心双手捧心，"呜呜呜，怎么办啊，我感觉自己再也不会爱了。"

这世界到底是怎么了？偶像们个个画风急转直下，让她简直无法适应啊！冰菓感觉自己被命中要害，虚弱地辩解道："别闹了，巧妇难为无米之炊。你让我拿什么给你做珍馐美味……"

“这个就不用你操心了。”镜无心变戏法似的指了指身旁的空桌，一大堆时令蔬菜水果，甚至海鲜肉类便出现在了冰菓的视线范围内。

“我们自带了食材上门，你想要什么就有什么！”

镜无心你这样赤裸裸地利用法术作弊真的好吗！

冰菓下意识地瞥了瞥青石，却发现他还在埋头大快朵颐，似乎根本没有发现眼前诡异的场面。

“我要吃银耳蜜枣乳鸽盅、绣球鲈鱼、香菇炒面筋、辣炒蛤蜊、菊花虾和口水鸡……”镜无心如数家珍，一边报菜名还一边不忘朝青石投去挑衅的目光。

不知是被镜无心挑衅的目光所惊动，还是被那些光是听听都垂涎三尺的菜名所吸引，青石终于从他的美食中回过神来。

他嘬了嘬嘴，无辜地看向冰菓：“菓菓……”

他虽然什么都没说，可那可怜兮兮的模样，分明就是在控诉着什么。

冰菓揉了揉太阳穴，有些头疼地说道：“不行！”在瞥见青石失望的目光之后，她又心软地加了一句，“至少今天不行。”

“那你明天给我做好吃的？”青石的眼亮晶晶的，像暗夜里发光的宝石。想了想，他又接着补充了一句：“他今天点的那些菜，我明天都要吃。”

“没问题。”冰菓莞尔一笑，信誓旦旦地保证，“等你养好肠胃，想吃什么，我就给你做什么。”

“我就知道，菓菓对我最好了。”像是在卖萌，又像是在宣誓主权一般，青石人畜无害的笑容里分明隐含着淡淡的挑衅，"吃饱了，那么我就先走了。两位慢用。"

青石在镜无心气急败坏的表情中从容地离开，背影挺拔，动作优雅，似乎一瞬间又恢复了他"高冷"的气质。

这让冰菓几乎要怀疑，刚才那个为了美食撒娇打滚卖萌摇尾巴的人根本是她的幻觉而已。

这些家伙，演技一个比一个好，让她情何以堪啊。

"别看了，都走得不见人影了。"冰菓还在沉思，镜无心的毒舌模式已经再度开启，"就算你再看，人家也未必知道你的一片痴心。"

"相信我，你不说话没人把你当哑巴。"赏给他一个白眼，冰菓没好气地问道，"我去做饭了，你们还要吃什么？"嘴里这么说着，她的目光却下意识地投向了一直沉默不语的望舒身上。

这家伙，今天简直安静得让人心慌！

那种莫名的心虚又悄悄地冒了出来，冰菓摸了摸自己的额头，难道是生病了？

"刚才的那个干贝瘦肉粥，再来一份吧。"瞥了瞥杯盘狼藉的餐桌，以及干干净净的餐盘，望舒淡淡地补充了一句。似乎怕冰菓误会一般，他又接着解释道，"伯父在家里还没吃饭呢，他刚出院，这个粥他吃刚刚好。"

经过望舒这么一提醒，冰菓这才后知后觉地想起，自己光顾着"色欲

熏心"，竟把老爸丢到了九霄云外。

此刻望舒的目光明明十分平静，不知为何，冰菓却越发心虚起来，丢下一句"我去做饭"，她逃也似的离开了这个让她有些心慌意乱的地方。

2

"事情不是正朝你推动的方向发展吗？你怎么一副高兴不起来的样子？"直到冰菓的背影消失不见，镜无心才抬眸懒洋洋地看了自己身旁的某人一眼，意味深长地说道，"本该乐见其成的事，你却这样反应。望舒，你难道不觉得自己最近有些不对劲吗？"

"如果我是你，我就不会这么无聊。"仿佛被说中心事一般，望舒有些恼羞成怒地说道，"相信我，太好奇的人都不会有什么好下场。"

"你这算是明目张胆地威胁呢，还是恼羞成怒呢？"将他的恼怒尽收眼底，镜无心越发得意，"作为朋友，容我提醒你一句，现在后悔还来得及。"

"你不用和我废话，我在做什么，我自己知道。"强压下心中的烦躁之意，望舒冷冷地说道，"倒是你，如果再有什么不该有的举动，小心我把你打包丢回妖界去。"

"是吗？"镜无心耸耸肩，不以为然，"是你后悔，还是我回妖界，咱们就拭目以待吧！"

事实证明，这个世上从来就不缺后悔药。

接下来的一段日子，信誓旦旦的某人终于尝到了它的滋味。

在冰菓的精心照料下，冰菓爸爸的病很快就痊愈了。可是如何戒酒，却成了一个十分严峻的问题。

尽管答应了女儿要戒酒，可十几年的酒瘾，让冰菓爸爸对酒精产生了十分严重的依赖。

为了监督爸爸戒酒，冰菓直接开启了全天候监督模式。

除了上课，她的时间基本都贡献给了爸爸。每天混迹于小饭店，冰菓的厨艺在爸爸的指导下可谓是突飞猛进。

平日里不显山不露水的爸爸，原来其实是个"隐世高手"。直到此时此刻，冰菓才相信爸爸的旧友张叔叔的说法。

"爸，当初张叔叔竭力邀请你去他的五星级酒店做大厨，你为什么要拒绝呢？"

想起爸爸在医院偶遇的故人，以及他带给自己的那些震撼的信息，冰菓总是百思不得其解。

没想到十几年如一日，偏安于这个小饭店的爸爸，曾经竟有那么辉煌的历史。

十八年前，年方二十的他便以非凡的厨艺在全国厨神大赛中打败了当时赫赫有名的某个名厨，夺得冠军，从此风头无二。

然后他更是被邀担任某知名五星级大酒店的行政总厨，成为厨艺界一颗冉冉升起的新星。

那时候他年轻、帅气、踏实、聪明，引得不少饭店老总向他抛来橄榄枝，甚至不乏老总的千金对他青睐有加。可是他拒绝了那些诱惑和捷径，与无父无母没有背景的母亲相恋，成了当时厨艺界的一段佳话。

有人赞他专情，有人笑他傻。

可是没有人敢小看他，大家都觉得他会是未来厨艺界的风云人物，却没想到，他会在某一天销声匿迹，在某个城市的破旧小饭店里，成了一个醉生梦死的酒鬼。

是该感叹命运的残酷，还是该叹息造化的弄人？

总之冰菓在最初听到那位张叔叔的话时，惊讶得嘴巴都几乎合不拢了。惊讶过后，更多的却是后悔和自责。

她当初怎么会那么浅薄无知，以为自己的厨艺早已胜过爸爸，以为她的一切，都是靠自己的天分和努力得来的。

到最后，现实却给她上了残酷的一课。

且不说她的天分都是他遗传的，而且就算她的确有那么一点点天分和成绩，比起当初的他，也是小巫见大巫。当初望舒说她是井底之蛙，她并不服气。现在想来，他半分都没有说错。

只是让她不明白的是，爸爸既然有这么好的厨艺，又为什么会拒绝张叔叔提出的邀请呢？

见父亲沉默不语，冰菓心中越发好奇。

大约是她的目光太过灼灼，冰菓爸爸无奈一笑，良久才叹息道："菓

菓，爸爸已经不同当年了……"

只是一句话，冰菓就明白了父亲心中的忧虑。

"爸爸，你是对自己的厨艺没有信心了吗？"冰菓想过很多原因，可唯独没有一条是因为这个。看着父亲沉默得如同雕像一样的侧影，冰菓心中忍不住五味杂陈。

"爸爸，我知道放弃一样东西很容易，重新拿起来很难。可是从小到大，你都教育我做人要有始有终，不能半途而废。你那么热爱厨艺，曾经你为它疯狂为它着迷，如今有一个机会，它就摆在你的面前。抓住它，你就离你曾经的梦想近了一步，爸，你不觉得你该勇敢一点儿，对自己有信心一点儿，去战胜自己的恐惧和心魔，再为自己的梦想努力一次吗？"

"可是我的厨艺已经荒废了这么多年……"女儿的话，仿佛是迷失在黑暗中的灯塔，让冰菓爸爸的眼前赫然一亮，"菓菓……你真的觉得爸爸还可以再来一次吗？"

"当然！"冰菓点头，斩钉截铁，"世上无难事，只怕有心人。我相信爸爸一定能行的！"

摸了摸女儿的脑袋，冰菓爸爸露出久违的笑容："那，咱们试试？"

"试试。"冰菓笑笑，道，"爸，听说你年轻的时候八大菜系都曾涉猎，其中尤擅川菜、粤菜和浙菜。怎么样，今天给我露一手？我要吃香芋扣肉、毛血旺、口水鸡、粉蒸排骨、酿豆腐，还有清炖蟹粉丸子和葱姜炒蟹。"

　　"啧啧,莫非今天太阳打西边出来了?最近是谁在嚷嚷着要减肥的?怎么,现在又嘴馋了不成?菓菓,如今你好不容易瘦身成功,可千万别功亏一篑啊。"

　　见女儿频频望向饭店的门口,尤其是在看到某道挺拔俊朗的身影后,她越发心神不宁。冰菓爸爸不由得调侃道:"还是说,你其实是想借花献佛,犒劳别人啊?"

　　"爸……"见自己的那点儿小心思,全部被爸爸看在眼里,冰菓不由得跺跺脚,脸上浮出娇羞之色,"哪有你这样为老不尊、拿自己女儿来调侃的。"

　　"难道你不想请你的小朋友来吃饭?"冰菓爸爸撇撇嘴,道,"我看就算你没这个想法,人家也会不请自来。不过有一点我倒是突然想起了,他好像只吃你做的食物。"

　　"这好办,咱们可以分工合作嘛。我想学长他一定会折服在爸爸精湛的厨艺之下的。"

　　"既然你已经决定了,那咱们就这么办吧。"见女儿一脸迫切,冰菓爸爸语重心长地说道,"不过,你的另外两个小伙伴呢?你确定你不请他们吗?菓菓,他们都是你的朋友,我记得望舒还帮了你不少忙,你这样厚此薄彼可不好。"

　　"呃……"说起望舒,她上一次和他说话,是多少天之前来着?

　　这些日子,她忙着学厨艺,忙着减肥大计,忙着监督爸爸戒酒,所以

196

就算和望舒同坐在一桌，可是他们一天到晚说的话，似乎也屈指可数。

因为有了目标和动力，她甚至不再用望舒拼命地提醒和监督，也能够自动自觉地继续她的减肥大计了。而望舒，原本那么高调的一个人，可最近他似乎拼命地隐藏自己，低调得就像一幅背景画。

不知是她太忙了，还是他故意在和她疏远，如昊不是爸爸今天提起，冰菓真的不曾注意，她和他已经疏远到这种地步了……

想到这里，冰菓心里顿时像打翻了调味盘一般，五味杂陈。

说到底，还是她太"重色轻友"了。虽然他们是从交易开始，可到最后，她却把他当成了真正的朋友。他给了她勇气，也帮她树立信心，他让她从一个丑小鸭蜕变成白天鹅。所以无论是因为什么原因，她都找不到应该忽略他的理由！

所以她应该借这次机会，和他重归于好。如此一来，既找回了遗失的友情，又向她"爱情的康庄大道"迈进了一步，岂不是一举两得。

一念至此，冰菓笑着回答道："爸，你对女儿的信心就只有这么一点点吧。我的小伙伴，我当然要请，你放心吧，我待会儿就给他们打电话。"

有了动力，冰菓干活就特别卖力。

忙碌了一天，小饭店收工打烊时，一桌丰盛的晚餐就出炉了。

戒了酒的菓菓爸爸逐渐找回了往日的感觉，虽说还不能恢复到从前巅峰时候的状态，可厨艺的发挥却基本稳定了下来，再也不会出现偶尔失常的局面了。

"爸爸，你这手艺可真不赖。瞧瞧这桌菜，色、香、味、形样样俱全，不知道的，还以为咱们是在大酒店叫的外卖呢！"

"你这丫头，哪有王婆卖瓜，自卖自夸的。"

见三个客人反应平平，对桌上的美食表现得并不如自家女儿那般向往，冰菓爸爸若有所思地笑了笑："好不好吃，还是要由客人说了算。"

"来，你们尝尝。看看我爸爸做的这道清炖蟹粉丸子，是不是肥嫩鲜美、齿颊留香；还有这道口水鸡，是不是麻辣鲜香，根本停不下来？"迫不及待地给三人布了菜，冰菓一脸期待地望着众人。

"伯父的手艺，自然是没话说……"镜无心似乎想发表什么意见，却被望舒在桌子底下狠狠地踩了一脚，"味道顶呱呱。"

"那是，我爸爸以前可是行政总厨呢。"冰菓骄傲地笑了笑，一脸与有荣焉的模样。

冰菓说得起劲，却发现附和她观点的人似乎并不那么真心。尤其是青石，他一副食欲不振的模样，吃东西时全然没有往日狼吞虎咽的气势，看起来，更像是一名"厌食症患者"。

从前没有比较，冰菓还把青石喜欢自己的食物当成理所当然。可是在尝过父亲做的恢复水准的美食之后，冰菓自认自己的厨艺并没有达到青出于蓝而胜于蓝的地步。

眼前这一桌美食，光是看着也让她食指大动。要不是为了保持身材，追到男神，她绝对会一饱口腹之欲。

明明是勾得她口水直流的一桌美食，为什么到了青石那里，却弃如敝屣呢？

从前的种种在脑海里回荡，似乎有什么东西在眼前一闪而过，却又快得让冰菓抓不住……

青石对食物的挑剔近乎偏执，如果说连父亲的厨艺都不能让他满意的话，她又凭什么让他情有独钟呢？

怀疑像种子一样，在冰菓心中生根发芽，再观察青石，她对他的偏执就越发疑惑。

在外人眼中，青石可能是情人眼里出西施。可只有冰菓知道，她与青石的关系，远没有旁人眼中那么亲密无间。

他或许喜欢甚至偏执于她做的食物，可对她，却从未涉及半点儿和儿女私情有关的东西。

真相像快要破壳的鸡蛋，呼之欲出，却偏偏隔了那么一层壳，让冰菓焦躁难耐。

然而任凭她有无数种猜测，也绝没想到，真相原来竟是……

3

夜色如水，天上的月亮像银盘一般，散发着皎洁的光辉。

此刻已是严冬，本该是窝在被窝里舒舒服服睡大觉的时候，可冰菓在

冷冽的寒风中冻得瑟瑟发抖。

"该死的，你到底让我来看什么啊？"冰菓戳了戳身旁悠然自得的某人，十分后悔自己今晚的冲动和冒失。

要知道，她此刻可是处在三层高的小洋楼上，一不小心，就有"呜呼哀哉"的危险。

可偏偏某个罪魁祸首还跟没事人似的，明明就身在半空，可在他看来就跟如履平地一般。

"都说了，我是来为你答疑解惑的。"唇角绽出一抹极其妖孽的笑容，镜无心懒洋洋地说道，"不信你就等着瞧。"

"瞧什么？"冰菓撇撇嘴，不以为然，"这黑灯瞎火的，镜无心你到底把我带到哪里来了？我警告你，我一点儿也没兴趣在这里陪你看别墅洋房私家花园，你赶紧带我回去。"

"你确定你要回去吗？"镜无心的目光穿透夜色落在了静谧的屋子里，唇角微微上扬，"马上就有好戏看了，菓菓，别说我没提醒你。你可别后悔哦！"

"我才不会后悔呢……"说到一半的话戛然而止，冰菓的目光牢牢地落在了屋子里刚沐浴完，只身着一件浴袍的男生身上，"镜，镜无心，你这个偷窥狂，你居然……居然有这样的嗜好……"

"口水擦一下，鼻血快流出来了。"镜无心闲闲地说道，"你要是觉得我玷污了你高尚的情操，我立马带你回去？"

屈服在镜无心淫威，不，屈服在青石美色之下的冰菓，顿时献媚一笑："今晚月黑风高，这边风景独好。那啥，我觉得我们可以再晚点回去。"

镜无心满头黑线："某人，你的节操呢？"

冰菓答得毫不犹豫："喂狗了！"

开玩笑，在浴袍少年、出水芙蓉面前，节操什么的，都是浮云。

何况这朵出水芙蓉，还是她朝思暮想、倾慕已久的人！

"为你随意被遗弃的节操默哀。"镜无心笑了笑，语带双关地说，"顺便，别怪我没提醒你。越美的生物越可能只是一种假象。你还是收敛一下你的爱慕之心，不然待会儿碎成了片片玻璃，可别说我事先没打招呼……"

"哼，像本姑娘这种女汉子，怎么会玻璃心呢。"尚沉浸在男神美色之中的冰菓下意识地反驳了一句，过了好久，她才回味过镜无心话中隐含的深意，心中升起一股不祥的预感，冰菓也顾不得欣赏男神绝世的风采，半眯了眼朝镜无心看去，"镜无心，你这话是什么意思？"

"今天是十五之夜。"镜无心笑得人畜无害，"你觉得十五这个词会让你联想到什么？"

"月饼、玉兔、桂花酒……"身为吃货，冰菓立刻如数家珍。

镜无心撇撇嘴，笑容越发诡异："看来咱们的脑回沟确实不一样。"

被他的笑容瘆得鸡皮疙瘩直起，冰菓警惕地问道："那你想到了什么？"

　　"比如……吸血鬼！"镜无心的声音拖得长长的，"又比如……狼人之类的……"

　　"哼，镜无心你当我是三岁小孩那么好忽悠吗？"冰菓不以为然的声音在半途颤颤悠悠地停了下来。饶是她向来艺高人胆大，此刻也被屋内的情形惊了一下。

　　月光皎洁，似一层朦胧的薄纱，将整个房间笼罩在它的光辉之下，给这屋子平添了几分神秘的光辉。

　　屋子里的少年半伏在床上，洁白的浴袍滑落而下，露出肌理光滑的后背。月光下，少年如负伤的小兽一般蜷缩着。因为头深埋于被褥之中，所以冰菓并不能看到他的表情。可是他微微颤抖的身子，紧握成拳，牢牢拽住床单的双手，都无一不在向冰菓诉说他的痛苦。

　　"他，这是怎么了？"拽了拽镜无心的衣袖，冰菓发现自己紧张得几乎快要不能呼吸，"是生病了吗？"

　　"别紧张，他正在兽化。"对眼前的情形似乎早已习以为常，镜无心轻描淡写地答道。

　　"兽化？"这个只在小说里看过的词语让冰菓下意识地怔了一下，有那么片刻，她觉得自己的思维似乎跟不上镜无心的节奏，"你是说……镜无心，这个玩笑一点也不好玩。"

　　"是玩笑还是事实，马上就一目了然了。"镜无心扬了扬唇，目光平静得不起涟漪，"我知道梦想幻灭时难过的滋味，可是菓菓，你不会连面对现实的勇气都没有吧？"

现实就是，她仰慕了许久的男神竟然也是一只妖怪？

冰菓觉得这个世界实在是太玄幻了。

也不知道是为什么，当初她接受望舒和镜无心的身份不过是件再简单不过的事。可如今主角换成了青石，对她而言便有些难以置信。

虽然冰菓很想自欺欺人地告诉自己这一切不过是镜无心的恶作剧，可眼前的情景却让她连自欺欺人的机会都没有。

月华越来越盛，仿佛受到什么魔力的牵引一般，天地间的月光似乎全部都聚集在了一处，投向了青石的所在之处。

被笼罩在光辉之中的青石颤抖得越来越厉害，随着一声尖锐的狼嚎，青石彻底地昏厥了过去。而他脑袋两侧，则长出了一对毛茸茸的狼耳。

"青石他……他是狼妖？"冰菓本该害怕才对，可看见青石终于不再受蜕变之痛，她心中竟奇异般地松了一口气。

"他和我们并不太一样，他身上流着的并不是妖族纯正的血液。"镜无心摇了摇头，道，"确切地说，他身上流淌着狼妖与人的血液。所以他只能算是半妖之身！"

半妖？

这其实是个很尴尬的存在吧。

既不能彻底地融于妖，也不能彻底地融于人。他以异类的方式生活于人世间，难怪会那么清冷，那么拒人于千里之外呢！

冰菓叹息一声："青石他真可怜。"

"可怜？"镜无心哭笑不得，"你说你觉得他很可怜？"

"难道不是吗？看他的样子，应该每个月月圆之夜都会这样蜕变吧？"冰菓叹息声再起，声音里有连自己都没有察觉的怜惜与心疼，"这样的痛苦，一定非常人所能承受。而他却每个月都要承受一次。这样的他，难道不可怜吗？"

"人与妖，本就是两个不同的族群。而他父母当初的结合，说来也让人唏嘘。因为没有受到族人的祝福，违背了天道规则而强行生下了他，所以身为半妖的他，自然也要受到天道规则的惩罚。"镜无心安静地看着冰菓，目光深邃而复杂，专注得让冰菓毛骨悚然。

"所以，你今天带我来这里的目的到底是什么？"冰菓从镜无心近乎诡异的目光中嗅到了一丝危险的气息。她下意识地觉得，镜无心想要告诉她的消息，是她并不想知道的。

"你带我来，不会只是想要告诉我青石的身世这么简单吧。"

"冰菓，其实你很聪明。所以你应该已经猜到了我要说什么，只是你不愿意承认罢了。"也许是知道自己接下来说的话太过残忍，镜无心竟破天荒地揉了揉冰菓的脑袋，"其实你应该早已发现，我、望舒、青石，都同样钟爱着你做的食物。我们对你做的食物，有种近乎偏执的喜爱。菓菓，你想过这是为什么吗？"

如果说从前冰菓还或多或少有些幻想的话，镜无心的这番话无异于一盆冷水，将她心中那点小小的幻想的火苗彻底浇熄。她自嘲地笑了笑，目光中有几分隐隐的黯然："总归不会是因为喜欢我吧。"

"菓菓……"镜无心欲言又止，心中生出一种连他自己也难以明白的情绪。

事情明明就按照他的推动在发展，他马上就要达到自己的目的了。可是为什么看到冰菓那副落寞的样子，他竟然有些不忍心呢！

"没关系的，不管是什么样的答案我都有心理准备了。"冰菓摆出一副大无畏的姿态，"你不会以为，到现在我还会自欺欺人吧？"

见她如此，镜无心倒不好意思再扭捏了。

"其实很简单，你做出来的食物，有我们所喜欢和需要的妖族的灵力。这也是望舒和青石为什么在吃过一次你做的食物之后就认定你的原因。而青石，大概因为他是半妖之身的缘故，所以他对你做的食物，比我们更加偏执。"

原来真相竟是这样！

亏她真的以为，抓了一个人的胃，就能慢慢抓住他的心。原来这不过是她的一厢情愿而已。

往事一幕幕在眼前浮现，这一刻冰菓终于明白，为什么这些日子她明明和青石走得如此近，可他们之间却仍然有种难以言说的疏离。

望舒也好，青石也罢，他们喜欢的，不过是她做的食物而已。因为她做的食物里有他们所需要的妖族灵力，所以他们才会接近她！

原来真相，竟然如此简单，却又如此残忍。

等等，妖族灵力？

该死的，为什么她做的食物，会充满了妖族的灵力呢？

1

鹅毛大的雪花夹杂着寒冷的风悠悠荡荡地飘落而下，这是今年的第一场雪。

下雪天最适合吃的是什么呢？

在某部红透亚洲的电视剧播出后，爱追潮流的小年轻们一致认为，下雪天当然就要吃炸鸡配啤酒了。

于是，跟其他冷冷清清的店铺比，街角的那家炸鸡店生意真是太好了。

一手提着四听啤酒，一手提着打包好的满满两盒炸鸡，镜无心把自己裹成一颗厚厚的粽子走在冷冷清清的街道上，而他的前面，是越走越快，离他越来越远的望舒。

"喂，喂，望舒。"

"粽子"在冷冽的寒风中缩了缩脖子，然而忍不住对前面那道身影嚷嚷道，"你这只该死的狐狸，人家一个电话叫你过去，你就跟得了圣旨一样唯命是从。我说，你走那么快做什么？还叫我给她买炸鸡啤酒，买了自

己不提让我提，我是你跟班小弟吗？臭狐狸……"

被喊成臭狐狸的某人脚步在离小饭店五百米的拐弯处猛然停了下来，当然，不是因为后面那只吵闹的孔雀，而是因为巷子里突然蹿出来的某道身影。

"菓菓，你不在饭店里等我，跑出来做什么？"风雪之中，美得像漫画人物般的少年皱了皱眉头，声音却温暖得如同四月的春风。

"对不起，我叫你出来不是吃饭的。望舒，我有事情和你商量。"因为跑得急，冰菓的气息还有些不均匀，脸上也带了些浅浅的红晕。她的目光穿过望舒，落在了他身后的某只"粽子"身上。"粽子"似乎料到她想说什么一般，下意识地往后退了退，心虚地想要逃离，却在沉思了片刻之后，又坚决地收回了脚步，然后默默地缩了缩身子，把手里的东西提起来挡在脸前，妄图将自己当成一个隐形人。

"傻丫头，有什么事不能等我到饭店再说吗？非要冒着雪跑出来。"伸手拂了拂落在冰菓发间的雪花，那冰凉的触感在指尖一触即化，迅速得让望舒根本来不及掌控。

"望舒……"大概是望舒的举动太过温柔，有那么一瞬间，冰菓竟觉得鼻子酸酸的。轻轻叹了一口气，她抬眸对上他的视线，语气温柔，目光坚定，"我们终止当初的约定吧！"

放在冰菓头顶的手微微颤抖了一下，半晌，望舒才轻轻吐了一口气，带出白色的雾："菓菓，你知道自己在说什么吗？"

"我又不是小孩子了，当然知道自己在干什么。"冰菓扯了扯唇角，

想笑，可那笑容看在望舒眼里，却带了些让他心酸的苦涩，"望舒，我们终止当初的那个约定吧！"

"为什么？"看着面前低头垂眸的女孩儿，望舒心中百味杂陈，悲喜莫辨。

冰菓单方面终止他们之间的合约，不能去参加"妖族美食祭"了，按理说他应该暴跳如雷才对。

可是不知为何，在听到她说那句话的瞬间，他竟像长长地松了一口气般，仿佛心中悬而未决的那些隐忧，在这一瞬间彻底放下了。不止如此，他心中还有一种隐隐约约，连他自己都无法理解的窃喜！

"没有为什么，我只是累了而已。"长长的睫毛微微阖下，掩住眼底的风云起伏。冰菓平静地说道，"这么久以来，我仿佛做了一个很长很长的梦。在梦里，我以为自己想要的东西触手可及。可等我醒来，却发现这不过是黄粱一梦。望舒，我真的累了，我不想再做跳梁小丑，不想再奢望不属于自己的东西。所以，就算是我对不起你行吗，我们解约吧！"

"菓菓，你是不是听别人胡说八道什么了？"见她面色苍白，眉目间是说不出的疲惫，望舒强忍住想要将冰菓搂入怀中的冲动，回头，目光凌厉地扫了一眼身后的镜无心。

镜无心耸肩一笑，一副"你别看我，我什么都不知道"的模样。

见他对镜无心怒目相向，冰菓摇摇头，道："没有人告诉我什么，我只是突然明白了一些事情而已。"

"那么青石呢，你也放弃了吗？"虽然不知道她为何突然发生如此大

的转变，可望舒根本不相信她的说辞。

前两天她还是一副"不到长城非好汉"的样子，誓要让青石拜倒在她的石榴裙下，可突然间就变了卦，一副看破红尘、心灰意冷、四大皆空的模样。要说这其中没有什么猫腻，望舒是打死也不信的！

"你一步一步努力地靠近他，从当初被他嘲讽、被他漠视的胖丫头，到如今成为他不可或缺的密友。冰菓，我比任何人都知道，你在期间付出了多少艰辛。你抬起头看看你如今的样子，你可以骄傲地告诉你自己，你已经从丑小鸭蜕变成白天鹅了。你没有哪一点配不上青石。菓菓，明明就差这最后一步了，你真的舍得就这么放弃吗？"

冰菓根本没想到他会问得那么直接，那个名字，就那么猝不及防地撞入她毫不设防的心间，让她像被一只无形的手狠狠地拽了一下，痛得她差点儿喘不过气来："从前我也和你一样，以为只要我伸手就能抓住他。可是现在我才知道我错得很彻底。我和青石，差的从来就不是一步之遥。他喜欢的，不过是我做的美食，而不是我这个人。"

所以她和他之间，其实一直隔着千山万水。

"精诚所至，金石为开。菓菓，纵使他现在还不喜欢你，可你要相信，终有一天他会为你的诚意所动的。"

见她神色落寞，望舒的心也狠狠地紧缩了一下。他本想答应她的要求，告诉她青石不喜欢她没关系，她值得更好的男生。可脱口而出的话，却瞬间变成了别的意思："你这么好，又怎么有男生会不为你动心呢！"

"望舒，感情不是感动。不是付出得越多，回报就越多的。而且我有

我的骄傲，我不希望我的感情，沦落到靠人怜悯和施舍的地步……"

"丫头，没有谁施舍你。你不要胡思乱想。"望舒打断她的话，"只要你自己不放弃，我永远支持你。"

"望舒，你就那么希望我和青石在一起吗？"冰菓轻轻地闭上眼，语气悲喜莫辨。

仿佛被一招命中要害，望舒顿时哑口无言。他在冰菓的眼眸中看得见殷殷的期盼和恳求。他很想让那些该死的约定见鬼！可是"妖族美食祭"马上就要临近，他无法找到另外一个冰菓，他需要她的帮助。不仅仅是为了父王交托给他的任务，更重要的是，他想带着他面前的这个女生回到妖界，回到他的故乡……

"对不起，菓菓，我不能答应你的要求。你别忘了，咱们当初的约定，不仅仅和你与青石有关，还关系到我族的'美食祭'。菓菓，我希望你能兑现你的承诺。"几乎用尽全身力气，望舒才能将这句拒绝的话说出口。然而他话音刚落，看见冰菓眼中闪过黯然和失望之色的那一刻，他瞬间就后悔了。

"望舒……"冰菓扯了扯唇角，似乎想笑。那笑容却最终湮灭在寒冷的风雪中，"这么久了，你到底有没有当我是朋友？还是说，从头到尾你都只当我是你的工具而已？所以哪怕我心里再难过再痛再怎么恳求你，你也能够无动于衷？"

"菓菓……"

风雪越来越大，天地之间只剩一片纯白。

而冰菓，就像纯白天地间仅剩的一尊雕像，孤寂痛苦绝望得让望舒几乎心碎。

他试图想要解释，他想告诉她，他从来没有当她是他的工具，他很在乎她，他之所以拒绝她的要求，只是因为他有不得已的苦衷。然而当他开口时，他却发现自己根本发不出任何声音。他就像一座沉默的雕像，瞬间无法动弹也无法发声。

这该死的镜无心，竟然敢对他使用"禁锢术"！

望舒在心中低咒咆哮，暴跳如雷。然而他却什么也不能做，他只能眼睁睁地看着一直躲藏在他身后、试图把自己当成隐形人的镜无心把手里的东西放下，慢慢走到他的面前，对冰菓一字一句地说道："望舒，事到如今你就不要再骗菓菓了。我们好歹和她相识一场，你又何必继续隐瞒她呢！"

望舒绝望地想要闭眼，然而他却连这个动作都做不到。他知道此刻在冰菓眼中，他的沉默正是他心虚和默认的表现。可是他连解释都无能为力，只能眼睁睁看着镜无心往他身上尽情地抹黑，泼脏水。

"菓菓，其实这件事你也不能怪望舒。他虽然利用了你，可也算是情有可原。"不遗余力地泼脏水的镜无心显然没有时间顾及望舒的感受。虽然同为妖族的小王子，可他的法术终究比望舒差了那么一点点。这次要不是他出其不意地偷袭，望舒肯定没那么容易被他制服。这个"禁锢术"持续的时间不长，所以他要在望舒恢复行动力之前，解决完这件事。

"在我们妖界，有个最美丽的种族——凤族。而凤族里最美的妖，当

属他们的小公主流月，她是我们青梅竹马的小伙伴。我们一起长大，从小到大望舒心里就只有流月一人。这次他因为自己的莽撞和贪吃，破坏了'妖族美食祭'，导致妖王发下雷霆之怒！更扬言望舒若不能找回代替的美食参加美食祭的话，就要禁闭他百年。百年时光漫长，什么事情都可能发生。所以为了娶到流月，望舒不能冒这个险，所以他当初才会找到你和你做朋友。要不然，你以为以他那种臭美的性格，为什么会和你这种……人做朋友？所以……"

不知是镜无心故意的还是他临时心软，那句"既没有头脑又没有美貌"他终究没有说出口。

然而听在冰菓耳朵里，这样无声的讽刺却更加伤人。

"所以，为了他喜欢的流月，他就只能利用和牺牲我对吗？"冰菓笑了笑，那笑容却比哭还难看，"原来在你们眼里，你们的感情才是珍贵的。像我这种人的感情，就可以弃如敝屣，就根本不值一提！可是对不起，我也是人，我也会痛会难过会伤心。我没有那么伟大，牺牲自己来成全别人。"

那双如水的黑眸里，说不清是失望多一点儿，还是心疼多一点儿，看得望舒的心跳陡然漏了一拍。他拼命地呐喊，想要否定，想要告诉她不是那样的，然而他却只能眼睁睁地看着她默默地看了自己一眼后，转身，毫不留恋地离开……

"该死的，你怎么可以这样对她！"一只拳头猝不及防地打在了望舒脸上，结结实实的一拳，将毫无还手之力的望舒瞬间击倒在地。

是青石！

"你干吗打人呢！"看着被打得鼻血长流，跌倒在地的望舒，镜无心顿时慌了心神。

完了，以望舒睚眦必报的性格，这笔账铁定会算在他的头上。刚才坑他那笔账望舒还没算呢，这下子新账旧账一起算，他是不是该好好盘算一下，逃到哪里才能躲开望舒的追杀？

一把推开青石，镜无心迅速解开望舒的封印就想逃之夭夭。

然而他千算万算却没有算到，望舒宁肯拼着再被青石揍上一顿的结果，也不肯放他离开。

迅速地翻身跃起，一面用单手手肘挡住青石的进攻，望舒一面给想要溜之大吉的某人施了一个"禁锢术"。

现世报来得如此之快，镜无心暗叹一声"吾命休矣"，一面闭上眼，等待接下来的狂风骤雨。

预想中的拳头并未落下，耳畔却传来一阵乒乒乓乓的打斗声。镜无心睁开眼睛一看，原来两人竟已厮打在了一块儿。

"可怜菓菓诚心诚意地将你当成朋友，你却这样利用她，让她伤心。"脸颊上火辣辣的，痛得青石倒吸了一口冷气，然而这却并不妨碍他利落的身手。一个扫堂腿朝望舒踢去，他只觉得自己心里有股莫名的怒火在熊熊燃烧。

该死的，他们怎么可以那样欺负冰菓。虽然他只当她是朋友，可是刚才在看到她那么寂寥地转身时，他心中就没来由地抽痛了一下，说不清是

愤怒多一些，还是心疼多一些。

"你以为，你有什么资格来教训我吗？"反手一拳打在青石的小腹上，望舒冷笑道，"且不说我没有利用菓菓，就算我利用了她，你又有什么资格什么立场来为她说话？"

仿佛发泄着什么一般，望舒并没有用法术，也打得毫无章法。一时间，竟和青石不相上下。

仰头避开青石的一记猛拳，他毫不犹豫地踢腿扫了过去："你觉得你自己就是好人吗？就没有伤害菓菓吗？你利用她的喜欢，来满足你自己的口腹之欲。你明知道她喜欢你，却故意无视她的感情，和她逢场作戏。这样的你，比我卑鄙一千倍、一万倍！"

"我没有逢场作戏！我……"

青石原本红了眼，和望舒厮打在一块儿不依不饶。听到望舒的指责后，他飞速挥出的拳头却在离望舒咫尺之遥戛然而止。

那些话，句句如刃，锋利地割开他心间那些他从不曾，抑或不愿去深思的东西。

其实望舒说的何尝不是对的。他有什么资格去责怪他，埋怨他？

说到底，他和望舒半斤八两。不，他甚至比望舒还有过之而无不及。

他其实是隐约察觉冰菓对他的感情的。从一开始，她眼中的爱慕就那么明显。

坦白地说，他最初并没有将她放在眼里。一开始的她，带着点婴儿肥，还有点小花痴，平凡得他根本不会回头看一眼，却偏还要不自量力地凑到他面前来，一次又一次地卖弄自己。

他心里很厌恶这样的女生，所以从来没有给过她好脸色看。可是她却不屈不挠，直到用美食打开了他紧闭的心门。

就算如此，他最初也只是为了美食而动心。他以为她以美食为名别有用心，所以一开始他对她还有所防备。

谁知道接触得越久，他就发现了越多她的好！

她就像一块璞玉，被时光慢慢雕琢，逐渐展现出她惊人的美丽。

不知道从什么时候开始，他渐渐把她当成真心以待的朋友，可他依旧下意识地回避她的感情，从不去回应她眼中热切的渴望与期盼。

他以为他假装看不见她眼中的爱慕，就可以相安无事，却不知，这对她也是一种变相的伤害。

懊恼、后悔、自责，这些从未有过的情绪一一袭上心头。

青石抬头，对上望舒迎面而来的一拳，没有避让，没有后退，而是结结实实地挨了一拳。

仿佛只有这样，他才能减少心中的愧疚和不安，才能不那么难过……

见他突然停止反抗，望舒先是怔了一下，挥在半空的手挣扎了片刻，终是无力地垂下，然后喘息着躺在了雪地上。

两人伤痕累累，身上、脸上都隐约可见斑斑血迹，侧脸相望时，彼此都在对方眼中看见了懊恼和后悔。

"如果不能给她她想要的，就离她远一点儿。别再给她无望的希望了。"雪花晃晃悠悠，落到望舒的脸上，带着透骨的寒意，一如他此刻的心。

"那么你呢？你也愿意放弃和她的约定吗？"青石愣了愣，不答反问。

"我可以放弃和她的约定。"望舒想了想，道，"但我依然会带她回妖界，回我的故乡。"

"你休想！"

一种强烈的不安袭上心头，就仿佛即将失去什么很重要的东西一般，这种惶恐和害怕是青石所从未经历过的。

"那咱们就拭目以待。"站起身来拍拍身上的冰雪，望舒一字一句地说道，"我会带着她远离你，远离伤害！"

"她喜欢的人是我，你有什么资格带她走？"青石跃身而起，仿佛冰菓即刻就会被望舒带走一般。他的双手在虚空中抓了一把，仿佛想要留住什么，冷冽的寒风穿过他的指缝如刃刮过，只留下满手的空。慌乱中，青石口不择言："你以为，她会跟你走吗？"

"那你喜欢她吗？"望舒回头看他，目光深邃而坚毅。

青石沉默，在大街上站立成了一座雕像。

"她的喜欢已是从前，从今以后，我会让它变成历史。"讥讽地笑了笑，望舒如起誓般认真地说道，"不珍惜她感情的人，不配拥有她的感情！"

说罢，他看也不看青石一眼，拽起镜无心，就凭空消失在风雪交加的街头……

2

风雪弥漫了整个世界，人迹罕至的荒山野岭，尘世的一切都仿佛被冰雪所覆盖。

到处一片白茫茫的，分不清哪里是天，哪里是地。在天与地的交界处，一处结界凭空出现。

望舒挥了挥衣袖，解开镜无心身上的法术禁锢，然后掀起一道狂风，将镜无心摔到了结界入口处。

"小舒舒，你怎么忍心这样对我！"犯了错误的镜无心企图打滚耍赖、蒙混过关，"我们俩几百年的友情，从你穿开裆裤就开始了，居然还比不过一个小丫头片子吗？你就真的忍心把我扔回妖界，一个人在人间潇洒吗？"

奈何望舒根本不吃这一套，向来对他百般容忍、就算他做错事也睁一只眼闭一只眼的望舒，此刻显得十分暴躁。

冷冷地瞟了他一眼，望舒的眼神带着毫不掩饰的杀气："再多说一句废话，小心我扒了你的孔雀毛，把你扔到云天涧禁闭一百年。"

云天涧对妖族来说，就等于是人类世界里关人禁闭的地方。

"呜呜呜，人家不要去云天涧。望舒，你太冷酷太无情太无理取闹了。云天涧那地方，是人能够待的地方吗？"望舒的威胁果然直击要害，让镜无心立刻花容失色。

　　开玩笑，云天涧这个名字听起来颇有诗情画意。可它却是妖界最让人，不对，最让妖闻风丧胆、闻之变色的地方。

　　据说被扔下云天涧关禁闭的妖，数千年来也屈指可数。而且全是妖界大奸大恶之徒。除非以妖界传世之宝"九幽玄灵"解开封印，否则终其一生，被禁闭者都无法逃离云天涧。

　　除了要忍受无边的孤寂之外，还得在云天涧下面经受非常人能够承受的历练和煎熬。

　　总之一句话，九死一生，生不如死！

　　这个望舒，也太狠心了吧！

　　他和他又没有深仇大恨，居然这样威胁他！

　　难道说，这次他真的踩到望舒的痛脚，让他炸毛了？

　　还是他这次真的做得太过分了？

　　"我说了，我现在不想听你的废话。"望舒衣袖一挥，就要将镜无心送入结界。

　　"等等！"见胳膊拧不过大腿，自己被赶回妖界已是无可避免之事，镜无心连忙说道，"你不想听废话，那么我就说几句正经话。"

　　见望舒皱了皱眉头，镜无心连忙信誓旦旦地保证："就几句，说完不用你赶，我自己回妖界。"

　　将已经一只脚踏入结界的镜无心拖了回来，望舒言简意赅："说。"

　　"望舒，我们朋友一场，临走前我只想问你一句话。你真的了解自己的心吗？"镜无心也不废话，开门见山地说道，"你知道你心里到底喜欢的是谁吗？"

"我不敢说我很明白自己此刻的心。但是镜无心，有一点我可以向你保证。"镜无心的话让望舒瞬间冷静了下来，他微微垂眸，卷翘而浓密的睫毛安静地贴在眼睑之上，掩住了他眼底的风云变幻。

也不知道过了多久，久到镜无心几乎以为他不会再回答自己了。望舒才缓缓答道："我对流月的感情，从来就不是你想象的那样。我只把流月当成我的邻家小妹妹，我和她，从来就无关爱情，所以，我从来就没有想过和你争夺流月。我知道你这次跟我来人界，是想阻止我的任务，好让我不能顺利完成任务回到妖界。你瞒着我做的那一切，你以为我不知道吗？可是镜无心，正因为我对流月没有一丝一毫的非分之想，所以我才对你睁一只眼闭一只眼，才会纵容你的无理取闹。可是我没想到，你居然这么过分，居然伤害到了菓菓……"

"所以你才不能忍，才要把我扔回妖界对吗？"镜无心平静地说道，"那么望舒，我是不是可以这样理解，冰菓对你而言，是你谁也不能触碰的底线？"

"她是不是我的底线，我好像不需要向你交代。"微阖的睫毛眨了眨，望舒轻轻一扫，将镜无心朝结界里推去，"该说的话你也说完了，去吧，赶紧回妖界去吧！"

"望舒你这个自欺欺人的懦夫，喜欢一个人，有什么不敢承认的。"镜无心的身影，化作一道白光消失在结界之中。

白茫茫的天地间，有他怒其不争的声音遥遥传来——

"你敢说，你没有喜欢上冰菓吗？"

3

期末考试在这个冬天的第一场鹅毛大雪来临之时结束了。

交了考卷，同学们做鸟兽状一哄而散。每个人都因为假期的到来而兴高采烈，甚至有些迫不及待。

而望舒，心中则生出几分不舍。

来年开学，学校还是那个学校。只是他，已经不在这儿了吧？以为不过是他落脚的一处驿站，不知何时，竟生出几分眷恋，几分不舍。

望舒慢慢地走在校园里，想要将这些让他留恋的风景记录在心间。

"偶像，你怎么还这么悠闲啊？"望舒还沉浸在自己离别的情绪中，一个圆滚滚的身影跌跌撞撞地跑了过来，惊讶地问道，"你难道不去送菓菓吗？"

"你说什么？"被她话里的内容惊得有些回不过神来，望舒半晌才艰难地问道，"你是说，菓菓要离开？她要去哪里？"

自从那天之后，冰菓就和他疏离得越来越远。见面时，他们依旧会说话，可她的语气分明客客气气，态度却冷冷清清，一副拒人于千里之外的架势。

他也曾经试图解释，可每次他刚刚一开口，她就摆出一副我不想听的姿态，让他好几次话已经到了嘴边，又生生地被她噎了回去。

刚才考试时，她做得很快，是班里第一个提前交卷的。交完卷，她就匆匆地离开了。他还想着今天一定要和她好好谈谈，解开彼此的心结，却没想到，等到的却是她要离开的消息。这丫头，当真是对他气极，居然招呼都不和他打一声，就想不辞而别。

望舒气得牙痒痒的，偏巧郑球球还看不懂脸色，火上浇油地说道："怎么，菓菓没告诉你吗？她爸爸接受了朋友的邀请，去别的城市担任大酒店的行政总厨。菓菓要转学，和她爸爸一起去他工作的那个城市生活了。"

"你说什么？"

"你说什么？"

两道声音异口同声地响起，却都是出奇一致的暴跳如雷。

望舒回头看了看不知何时来到的青石，冷哼一声，理也不理他，只着急地扯了郑球球的衣袖问道："她打算什么时候走？"

"就今天啊。"郑球球难得被偶像"宠幸"一次，还在受宠若惊，偶像已经风一样地消失在她眼前。

"喂喂喂，望舒偶像等等我啊。没有你这么过河拆桥的。"跑了一个偶像，还有另外一个。郑球球正准备使出浑身解数留住这个仅剩的偶像。

谁知青石连正眼也不肯施舍给她一个，也瞬间化身为风一样的男子，消失在她的视线之中……

郑球球欲哭无泪。

这年头，偶像都那么狂，真的好吗？

4

青石发誓，在今天之前，这辈子他从来没有害怕失去过一样东西。

从前他万事掌控在手，什么东西都只有他想要或者不想要的。

直到听到冰菓要离开的那一瞬间，他才生出一种只要他不努力抓住，就会失去这个女生的感觉。这个念头才在心中浮起，他心中立刻升起一种无边无尽的惶然与害怕。

他讨厌死了这种感觉，他知道这不仅仅是害怕从此失去美味的食物，更重要的是，他不想失去她这个人。

一路自虐似的夺命狂奔，青石甚至忘了，这世上还有一种叫"交通工具"的东西。等到在小区门口找到拖着行李准备离开的冰菓时，他已经跑得满头大汗、气喘吁吁。

"菓菓，别走好吗？"青石开门见山、单刀直入，"菓菓，我喜欢你。你不要走好吗？"

"很谢谢你，能在我临走之前让我听到这番告白。"冰菓抬眸看他，目光有些复杂，神情悲喜莫辨，"如果是一个星期以前，你和我说这句话，我想我大概会高兴得发疯。"

自嘲地笑了笑，冰菓掩住眼底的落寞："可是学长，我现在已经知道，你喜欢的不是我这个人，而是我做的食物。所以，你不用再骗我了……"

"不是的，菓菓，你听我说，不是你说的那样……"当初心底的隐秘被猝不及防地揭开，一时间，青石有些回不过神来。他在原地怔了片刻，才想起来要和冰菓解释。

一抬眼，冰菓已经走出了小区门口，招了一辆的士扬长而去……

出租车带着冰菓来到人潮拥挤的机场。

因为张叔叔那边急召，冰菓爸爸已经坐了早上的飞机提前飞了过去。此刻冰菓一个人等待航班，就显得有些孤零零的。

这个城市，从出生到现在，她就从未离开过。这里有她美好的童年，有她可爱的玩伴，有她无疾而终的初恋。

不，确切地说连初恋都算不上。那不过是她一厢情愿的暗恋而已。

从今后，她将离开这个城市，一切前尘往事都会随着她的离开湮灭在回忆中。这个决定，明明是她深思熟虑后定下的。可是为何此刻她竟半点也开心不起来呢？

说到底，终究还是不舍，终究还有眷恋。只是这份不舍和眷恋，到底是为这熟悉的城市，还是为这城市里的人，此刻冰菓实在不愿去深究。

虽然离登机的时间还早，可反正也不会有人来送她了，所以冰菓拖着行李箱，慢慢朝候机室走去。

那只臭狐狸，不知道在知道她离开的消息后，会不会气得暴跳如雷呢？真是个小气的家伙，连她走了也舍不得来送她一程。

冰菓在心中暗自抱怨着，全然忘了当初是自己赌气不告诉人家她要离开的消息的。

狐君的美味良缘

冰菓想得出神，不留神撞上了一个硬邦邦的东西。

她痛得倒吸冷气，眼泪都流出来了，头顶却传来一个戏谑的声音："喂，小美人，此山是我开，此树是我栽。要打此处过，留下买路钱。"

熟悉的声音让冰菓在眼眶打转的泪水瞬间汹涌而出，下一秒，她却抬起头来，朝他绽出一抹如花的笑靥。

在望舒恍神的瞬间，她很快收起笑容，恶狠狠地瞪了他一眼："要钱没有，要命一条。"

"没钱也没关系，那就跟本大王回去做我的压寨夫人吧！"伸手拭去冰菓脸颊的泪水，望舒的声音温柔得近乎宠溺。

"想得美！"冰菓赧然一笑，"你怎么来了？"

"菓菓，我们终止约定吧。"闻言，前一秒还嬉皮笑脸的望舒顿时一本正经地说道，"我不想再和你继续这个约定了。所以，如你所愿，我们终止那个约定吧！"

"为什么？"冰菓诧异地抬头，心中十分疑惑，但更多的是一种无法抑制的开心，"你不是一心想要完成你的任务吗？"

为了那个什么凤族的流月公主？

"因为，我发现我喜欢上你了。"伸手，将冰菓揽入怀中，望舒用近乎蛊惑的声音说道，"我不能忍受把你推给另外一个男生，所以，就让这破约定见鬼去吧！"

耳畔传来男生强而有力的心跳声，他熟悉而又迷人的味道让冰菓脸上慢慢浮起一抹红晕，心中有些慌乱，有些欢喜。她轻轻地推开他，手足无措地说道："这个玩笑一点儿也不好笑！"

"菓菓，我是认真的。我喜欢你！"与她四目相对，望舒深邃的眼眸里写满认真，"我知道你现在还不相信我的话，不过没关系，我可以用时间来证明。我也知道，你心中现在可能还没有我的存在，可是这也没关系，我愿意等，等到你愿意回头看我的那一刻！"

"望舒……"突如其来的表白让冰菓顿时乱了心神。

今天这是怎么啦？

她活了快十七年，从来没有被人表白过，今天却有两个男神向她表白！难不成，今天是愚人节，男神们约定好了一起来捉弄她？

"菓菓，我愿意等你到你喜欢上我，愿意相信我的那一刻。"冰菓还在想入非非，耳畔却传来望舒有些迟疑的声音，"可是，我希望你能答应我一个要求。"

"什么？"

"你能陪我回一趟妖界，继续帮我完成妖族美食祭吗？"

"呵……"

方才的那些慌乱、那些欢喜一瞬间消失得无影无踪。冰菓沸腾的心慢慢地凉了下来。自望舒怀中抬起头来，看着他，她满是失望地说道："说到底，还是为了你的妖族美食祭吗？"

青石的表白，是因为他不想失去她做的美食。而望舒的表白，则是为了他的"妖族美食祭"。她以为她走了桃花运，竟一下子俘获了两个男神的心，却原来，她仍旧不过是他们眼中的棋子罢了。

"不是的，菓菓。我喜欢你，无关任何东西！只是因为你就是你。"
见她沉默，望舒无奈地笑了笑，旋即却一本正经地解释道，"而我之所以
想让你和我回妖界有两个原因，除了希望你能帮我完成妖族美食祭外，更
重要的是我希望你能跟我回去见见你的妈妈。"

"你说什么？"冰菓如被雷劈一般，木然地站在原地，半晌才愕然地
抬头，"我妈妈……"

"你不是很奇怪，你为什么会做出吸引我们妖族的美食吗？"伸手揉
了揉她的头发，望舒莞尔笑道，"因为你身上流着我们狐族一半的血，所
以你做出的食物，才会有妖族的灵力。"

"你说我妈妈她也是妖族人，而且还没死……"望舒给出的信息太过
惊人，让她一下子难以消化。

"没错，你母亲是我的族人。当初她因为喜欢上你爸爸而不顾族中的
禁忌和长老们的反对执意嫁给了他。谁知道后来你爸爸却痴迷厨艺，冷落
了你妈妈，导致你妈妈最终郁郁寡欢，被禁忌反噬差点儿死掉。"望舒点
点头，道，"你妈妈濒死时，被族中长老救回了狐族，却也被罚从此必须
切断与你爸爸的这段尘缘，并且终身不得离开狐族。"

"我一直以为，我是个没妈的孩子……"冰菓喜极而泣，"望舒，谢
谢你，谢谢你让我知道，我也是个有妈的孩子。"

"傻瓜，你不仅有妈妈。而且你妈妈她还很惦记你呢！"伸手刮了刮
冰菓的鼻子，望舒宠溺地说道，"怎么样，现在愿意和我回妖界了吗？"

"嗯，当然。"冰菓迫不及待地说道，"放心吧，我会努力帮你完成

'妖族美食祭'，争取为狐族赢得第一。这样，我才有机会去求族中的长老和你父王的同意，让他们撤除对妈妈的惩罚，对不对？我还要告诉妈妈，爸爸他早就知道自己错了。我希望她能原谅爸爸，和我重回人间，让我们一家团聚。"

"喂，你这个过河拆桥的丫头。你回了人间，那我怎么办？"见她一副跃跃欲试、摩拳擦掌的模样，望舒忍不住嘟囔道，"你这么无情无义真的好吗？"

"你，自然是留在狐族当你的小王子啊！"朝望舒扮了个鬼脸，冰菓好奇地问道，"不过，你刚才说的狐族的禁忌，到底是什么啊？"

"呃，今天天气真好……"望舒顾左右而言他，"如此大好时光，咱们可不能辜负。菓菓，要不你向叔叔请个假，咱们立刻动身去妖界吧。"

望舒的如意算盘打得美美地，可惜半路杀出个程咬金："你休想！我是不会让你拐走菓菓的。"

这家伙，说得他跟人口贩子似的。

"你来做什么？"对这个甩也甩不掉的不速之客，望舒自然没有好脸色看，"跟块牛皮糖似的。"

"菓菓。"没有理会望舒的冷嘲热讽，青石望着冰菓，眼神坦荡而真诚，"我来是想告诉你一句话。虽然我是因为喜欢你做的食物，才逐渐喜欢上你的人，但我想请你相信，我对你的心是真诚的。虽然一开始没有发现你的好是我的错，可是人一辈子谁能不犯错？希望你能给我一次机会，来弥补我以前的过错，可以吗？"

如果说之前的那一次表白冰菓还可以当成是青石的玩笑，或者他另有目的的话，那么这一次，冰菓的的确确从他眼中看到了前所未有的认真！

老天，你确定你没有玩弄人吗？

这样的极品，不来就不来，一来就来两个……艳福什么的，果然不太好消受！

"菓菓。"见冰菓沉默，望舒立刻慌了心神。

该死的，这丫头不会被青石的表白所打动了吧？

虽然他一直很相信自己的魅力，可青石好歹也是菓菓曾经暗恋了好久的人。

一种前所未有的危机感涌上心头，望舒觉得如果自己再不做点什么，就白白地把机会拱手让人了。

"菓菓，不管你我之间有什么禁忌，不管你心中现在有谁，我只想告诉你一句话，我会一直在这里等你，只要你回头，无论任何时候你都可以看到我在等你！"

"喂，你这只狡猾的狐狸，少说些甜言蜜语来迷惑菓菓。"见他如此认真，青石也有些按捺不住了，"你都说了，你和菓菓之间有禁忌。"

"禁忌什么的，就不劳你操心了。它只能考验我对菓菓的真心，而不能改变我对她的感情！"

情敌什么的最讨厌了，必须予以毫不留情地打击！

"倒是你，还是操心操心自己吧。种族不同怎么相爱？我看你还是趁早回你的狼族找你的同类吧！"

"我们狼族是这世上最忠贞的动物。才不会像你们这些狡猾的狐狸一样，三心二意呢！"

"喂，我警告你。你可以侮辱我的人格，可是你不能侮辱我的爱情和我的种族！你再这样，小心我到妖王面前告你诽谤。"

"哼，难道我还怕你不成？"

"那咱们就骑驴看唱本，走着瞧吧！"

"走着瞧就走着瞧，谁怕谁啊……"

"喂，你们两个加起来都几百岁了。难道不觉得很幼稚吗？"麻雀一样叽叽喳喳的争吵声让冰菓忍不住莞尔。

偶像什么的太幻灭了，果然只能远观啊只能远观！

"你才幼稚，你全家全小区都幼稚。"斥责异口同声地响起，待发现自己不小心把枪口对准了自己的女神之后，两人又不约而同地摇摇尾巴，声音甜腻得吓人，"菓菓……"

快来人把这两个妖孽拖走，太丢人了！

冰菓无语地转头看向天空，假装不认识身旁的两个家伙。

这一刻，天很蓝，云很白，风很轻，一切都很美好！

只是……那架刚刚起飞的飞机似乎有些熟悉……

冰菓看看时间——

"我的航班！等等我啊，机长大人……"

哪家学校才是你的**最爱？**

冬令营

计划进行ing

冬天已经悄悄来了，各个学校的冬令营计划已经开始！不同的学校，什么才是吸引人的第一大法宝？当然是帅哥啦！既然学校都来了，我们就来看看各家的帅哥大比拼吧！

北橙中学US艾利学院

北橙中学代表

（橙星社社长）

相原泽

（花主继承人）

花千叶

艾利学院代表

《橙星社甜蜜不打烊》

身高：180

体重：72KG

性格外貌：亚麻色头发，一双黑眸深得看不到底，鼻梁英挺，薄唇，五官的组合如同古希腊雕刻中冷酷的天神。从来到北橙中学开始，蝉联四届社长。

性格：高傲，对在乎的人很好，对无关的人冷漠。

必杀技：蛋糕之王——年轮蛋糕。橙星社长的甜点必杀技，传说中只要吃过他亲手做的年轮蛋糕，就会马上成为他的"脑残粉"！

《千叶星光花君殿》

艾利学院四人学习小组的组员，是花界的花主继承人。长成了柔弱系精致少年，但是内在性格很"爷们儿"，属于"外在精致内在糙"的类型。

能听懂花的语言并操控他们，所以知道学校里的所有八卦。为了改变自己柔弱的形象，养成了粗鲁的行为习惯，却因此形成了"反差萌"，被追捧。

制约魔法是"你人真好"的夸赞，一听见这句话，周围的鲜花就会自动开放，本人也自动切换成温柔模式，但一旦解开魔法就会恼羞成怒，加倍生气。

布吉岛学院 VS 天使学院

布吉岛学院代表

（学生会会长）

黎休一

（天使继承人）

圣夜·米迦勒

天使学院代表

《蜜炼甜心抱抱熊》

黑发褐眼的儒雅美少年，身高1米81，总是带着和煦的微笑。

身为布吉岛学院学生会长，看起来性格很温柔，很好亲近，其实是个十分容易狂暴的人。

从小被爷爷当成继承人来培养，久而久之，性格变得很压抑，人前温柔人后狂暴，还喜欢跟自己的抱抱熊（黎甜心）聊天。

心里对自由而又美好的生活充满了憧憬，又因为身负家族的重担而不能轻易表现出来。

是个地地道道的甜食控，热爱美食，热爱甜食，吃到这些总能让他心情愉快。

《下一站天使学院》

长相如同最耀眼的明星，黑发金瞳，鼻梁高挺，背后一对巨大的白色翅膀，羽翼丰满，典型的米迦勒天使继承人。

父母背叛大天使被关入天使监狱判终身监禁，独自生活在父母留下来的房子里。

就读于暗影学部，是暗影学部唯一的米迦勒姓天使。

因为父母的事而被天使学院里所有天使看不起，因此养成了孤僻又暴躁的性格，脾气很大，却喜欢有人站在身边的感觉。

他主动选择就读于暗影学部，是天使学院里的异类。只要站在他身边，就会被需要。

星座来了
之编辑部八卦猛爆料

听闻可乐酱2016年的新系列叫"**星座公寓**"，里面有顶级洁癖＋强迫症患者的处女座、绝对智慧＋高傲学霸的天蝎座、另类科研达人＋百变星君的双子座等一系列王子代表。本编辑的工作虽然是写广告，但是特意假公济私地以星座为名，实为读者谋福利，奉上最近的编辑部小八卦。要是你们从中抓

对象一 **巧乐吱**

代表作：《上古萌神在我家》、《辛蒂瑞拉的微笑》
星座： 水瓶座

观众朋友们大家好，现在是本编辑从现场发回的报导……报导……导……大家不要惊讶为什么会有回声，因为现在本编辑站在吱吱的身后，目测她两边的书山应该会在一个星期内发生倒塌事故，并危害到她座位旁的某编辑。听闻水瓶座随心所欲，今日一见吱吱，名不虚传！
编辑爆料： 吱吱在编辑部里桌子最乱，没有之一，经常成为塌方案的现场。吱吱你真需要"星座公寓"里的处女座男主角柏原熙来治一治了！
吱吱： 谁说我大水瓶桌子乱？我这是灵魂在书山中自由的飘荡……飘荡……荡……

对象二 **七日晴**

代表作：《七情记》、《妖舍物语》
星座： 射手座

编辑爆料： 不知道是不是射手座的天性，小七是编辑部最开朗乐观的一个。前几天天气骤冷，早上根本起不来床，大家来上班都一脸的苦大仇深。可每次本编辑来到公司，就看到小七一脸兴奋地站在公司的落地窗前，念咒般地念着："下雪吧，下雪吧！"寒潮结束时，长沙还是没有下雪。隔天，小七在朋友圈发了一张小得不能再小的雪人图，地点是自己家的冰箱……
我： 哪来的雪啊？
小七： 刚刚从自己家冰箱上刮下来的。

对象三：**猫小白**

代表作：《美梦炼金馆》
星座：X星座（本人拒绝透露）

编辑爆料：猫少爷最近的新书出了真人明信片，据少爷本人说，他比照片上帅多了。本编辑偷偷告诉大家一个笑话，某天少爷来上班，在公司楼下一边看着大门玻璃自己的翩翩身影一边走，然后华丽地撞在了前面的玻璃门上。目睹了这一切的本编辑表示，喵少爷的自恋可以上天了……

少爷：阿嚏！谁在背后说我？

对象四：**锦年**

代表作：《青鸟飞过荆棘岛》
星座：双子座

编辑爆料：锦年大人是一个典型的双子座。前两天本编辑和她一起去吃饭，翻来覆去一起把菜单看了五遍都没有点好菜，全程的对话如下——

我：你以前不是喜欢吃虾吗？
锦年：最近不喜欢了。
我：你以前不是喜欢吃生菜吗？
锦年：前几天不喜欢了。
我：你以前不是喜欢吃鱼吗？
锦年：早就不喜欢了！
本编辑卒。

对象五：**艾可乐**

代表作：《那怪物真帅》
星座：白羊座

编辑爆料：听说可乐酱这次的新书，第一本写的是处女座和白羊座。按理说，这两个星座完全不搭，可乐酱自己又是白羊座，呃，此举不知道是不是有什么深意啊……

本编辑还听说，"星座公寓"这个系列里的主角们的搞笑事件都是有生活原型的，有几个还是大家喜欢的作者们！大家猜猜是谁吧！

可乐酱：喂！我的新书还没出，你就把料都爆了！还有没有一点我一贯的神秘感啊！

编辑：可乐酱要发飙了，本编辑先走为上……本编辑预计，"星座公寓"系列出来的时候，又会是一场爆料的暴风雨。

《尘埃花海》终极大测试！
你会是书中的哪个人物呢？

Q: 如果有一天，你来到悬崖边上，只有一座破旧的独木桥可以到达对面，但是独木桥的尽头被迷雾笼罩着，这时候你的选择是……

A.因为恐惧和不确定而没有继续往前走，原路返回。
B.想象着迷雾背后会有美好的景色，鼓起勇气走过独木桥。
C.自己不敢过去，还破坏独木桥，也不让别人通过。

答案：

A 陈初寒（胆怯温柔型的girl）
你是一个内心温柔但不够勇敢的女孩，如果喜欢上一个比自己优秀很多的男生，会产生强烈的自卑感，只会把心事藏在心底里，默默地喜欢。但是你的善良温柔一样是很好的品质，相信总有一天你会遇到那个欣赏你的人。

B 唐时（勇敢无畏型的girl）
本书的女主角唐时，是个一腔孤勇、信念坚定的少女，不惧黑暗，一路勇往直前。和她做出同样选择的你，一定也是一个充满勇气的女孩，遇到爱情不会退缩，将会努力争取，相信冲过迷雾就有好风景。

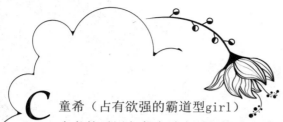

C 童希（占有欲强的霸道型girl）

本书的反派角色童希有时候挺遭人痛恨，但其实，她对爱情的执着和霸道也是她身上的闪光点。在很多人还在为表白犹豫的时候，她已经如同一个英勇的女战士，拿起武器护卫自己的爱情。但是切记，如果对方真的不爱你，还是早点放手，否则痛的是自己。

她是尘埃里开出的花，是浴火重生的蝴蝶。

而他则是亲手把她埋入尘埃、葬入火海的人。

两年之后，她在绝望中涅槃，带着仇恨的烈火归来，要把伤害过她的人一一推入深渊。

然而，仇恨渐渐被温情融化，而真相也一点点在抽丝剥茧中显露。

她猛然醒悟，她的仇恨原来不过只是一场浮梦，可这时，一切已经奔赴最惨烈的结局……

悲恋天后锦年
用最锋锐的笔调，谱写一曲最绝望的
恋歌——
《尘埃花海》

遇见 MEET THE 幸运の LUCKY 少女日志 GIRL LOG

2014年

3月18日   雨，微风，有点冷

课间休息的时候，女生们讨论着转校生。虽然在我看来，这并不是什么了不起的事情，估计那些

女生漫画看多了，觉得转校生一定会与自己发生一些浪漫的事。

尽管我非常不想知道，但因为那些女生一整天都在讨论那个转校生，我还是被迫记住了他的名

字——夏树。

3月29日   晴，微风，暖暖的很舒服

教室前面那棵好大好老的樱花树开花了，阳光懒洋洋地从窗户照进来，晒在脸上很舒服。

下午第二节课是政治课，我最头疼的科目。

我用书撑着桌面，看着窗外的樱花，发现在花间粗粗的树干上，竟然有个人坐靠在上面。

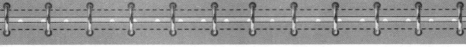

那是个穿着白色校服衬衫的少年，修长的双腿，一条支在树干上，一条随意地垂着，樱花花瓣落

了一片在他脸上。

啊，那是夏树同学，我知道他，那个引起全校女生关注的转校生。

上课时间爬到树上睡觉，夏树同学还真是奇怪。

4月6日　　　雨，大风，很潮湿

上地理课的时候，隔壁班教室传来一阵喧哗声。

是那个奇怪的转校生夏树又做了什么奇怪的事吧？

下课的时候，听班上女生说，那家伙竟然把流浪猫塞进衣服里，带到学校来上课，被老师发现

了，就带着流浪猫跑掉了。

真是个奇怪的家伙，他不知道学校禁止带宠物来上课吗？

说起来，那家伙好像根本不害怕老师……

9月1日　　　多云，微风，很热

新学期开学了，今天的夏树同学也在任性地活着呢。

说起来，一个暑假没见到那家伙，他似乎长高了一点。

开学第一天，他竟然带了一盆仙人掌来上课。

为什么是仙人掌？仙人掌有什么特别的意义吗？搞不懂。

12月28日　　　阴，微风，很冷

今天的夏树同学也精神抖擞地发着疯……

2015年

9月1日　　　晴，大风，很热

升上高中啦，夏树同学竟然和我上了同一所高中，并且还在我隔壁班级。

邻班的夏树同学，会不会比初中时稍微收敛一点他奇怪的举动呢？毕竟是高中生了……咦，我为

什么要关心这种问题？因为在学校里太过无聊，观察夏树同学的奇怪举动，已经成为我的日常生

活了吗？呃，要是他变得正常了，我应该会有点小小的失落吧，毕竟那是唯一的乐趣了。

不过好在，今天的夏树同学，奇怪的举动还在继续。

《遇见你的小小幸运》希雅　著

那些不经意的遇见，从来不是什么偶然，他不过是恰好在那里看着我，而我恰好抬起头看到了他。
在那些目光交错的时光里，我在人群里寻觅着他，他同样在寻觅着我。
却因为年少脆弱的心脏，不敢向喜欢的人说一声"喜欢"。

至于选拔赛的内容是什么？嘻嘻，当然是填写关于穿越的各种紧急知识啦！

1. 向什么许愿，才能达成穿越的愿望呢？
A.阿拉丁神灯　B.时光机　C.莫名出现的电脑病毒

2. 穿越后睁开眼，第一眼看到的会是什么呢？
A.来自未来世界的机器猫　B.25世纪新型机器鼠　C.被电磁波打晕的恐龙

3. 遭遇坏人围攻，千钧一发时，希望谁来拯救自己呢？
A.蜘蛛侠　B.未来时空警察　C.齐天大圣

4. 交到的第一个好朋友长得像谁？
A.玉子　B.蜡笔小新　C.奇犽

5. 传说中的天才少年博士的名字是？
A.成意智　B.成意龙　C.成意功

6. 探险冒险第一关的开启地点是？
A.音乐室　B.档案室　C.美术室

7. 号称是万能型，然而除了装可爱什么都不会做的无能机器人的名字是？
A.擎天柱　B.错误代码123　C.布里茨

8. 时空警察将会以什么样的方式出现？
A.从石头里炸出来　B.从闪电里出现　C.从抽屉里跳出来

9. 如果被时空杀手抓住了，该怎么办？
A.立刻倒地装死　B.假装投降　C.不顾一切逃跑

10. 穿越结束后必做的第一件事是什么？
A.大吃大喝　B.买新衣服　C.回答电脑病毒的新问题

就快快购买草莓多即将上市的新书『蔷薇护卫队』系列之《星光小淑女》吧！

假如觉得题目很难，想知道正确答案是什么的话，

《初夏星逆之歌》漫画版

为什么我会突然往下掉？

完蛋了！

这是空间旋涡，墨莉夏！

掉进空间旋涡的人，会从奥林匹斯山坠落到人类世界！

①

墨莉夏，抓住！

啊啊啊！

啊！

②

③

④

？

这里是

电视？

难道……我已经被时空旋涡带到了人类世界？

……这，这到底是什么东西啊？

喂，莫俪夏，你这是在干什么？

为什么把吊针给拔了？

你……怎么会知道我的名字？

X特工大事件一

寻找失踪少女薇薇亚！

执行特工：颜圣夜

少年有一双漂亮的琥珀色眼眸，不知道是不是没睡好，他的眼下带着微微的阴影，却并不影响他的英俊，反而让他显得越发迷人了。

此刻，不知道是不是被微风迷了眼，他微眯着双眼，仿佛刚刚睡醒的波斯猫一般，简直就像是陈列柜中精美的人偶娃娃！

代号特长：神之最强大脑+顶级人偶外貌+"懒癌"晚期患者

搭档助手：洛奇奇（重度人偶收集控+完美角色扮演者）

任务1：接近"肉爪控"特洛伊，想办法知道薇薇亚失踪前来找他干了什么。

角色设定："动物系"的可爱妹子——郝萌萌。身上的衣服总是毛茸茸，还会带有耳朵、爪子等设计，连眼神给人的感觉都湿漉漉的

特洛伊站在路边的树荫下，那头标志性的红发，在阳光的照射下染上了浅淡的金色，仿佛随时都能燃烧起来。他双手撑着膝盖，身体微微前倾，脸上带着肆意的笑容，柔化了那两道剑眉带来的煞气。此刻，他正一脸兴味地看着我。

清晨的阳光远远地照射下来，落在他的眉宇发间，我忍不住心中微微颤动，几要迷失在他柔和的眼神中……

此刻，那双暗红色的眼眸正含笑看着我，带着无法抑制的狂热光芒。

我好像知道颜圣夜为什么要让我扮成"动物系"少女了……

他不会把我也当成小动物了吧？人家今天是淘气的小熊猫哦！

可是，这么喜爱小动物的家伙，会是导致薇薇亚失踪的凶手吗？

任务2：接近舍不得杀生，却会在月圆之夜出现凶残人格的温柔绅士伊恩，找到他身上的文身，并且了解薇薇亚最后一次和他见面的目的，确认他是否存在嫌疑。

角色设定："小太妹"白鹭，一个随时会打破平静，带来灾难的危险人物，同时也是伊恩最没辙的类型。

"所有食物都是最新鲜的，这条鱼，我跟你说，是我亲手杀的……"我说着，指了指饭盒中颜色鲜美的鱼块，又指了指一旁的大虾，笑道，"还有这些虾，下锅前还是活蹦乱跳的呢！"这样说着，我一抬头，却发现伊恩脸色都绿了。

他此刻看着那些鱼虾的表情，就像是看到了凶案现场，然后……就见他的脸色越来越白，越来越白，甚至还有细细的汗珠从他的额头上渗出。

"怎……怎么了？"我突然有点被他的反应吓到了。难道……他恐惧水产类的东西？

"你……你……"伊恩哆嗦着，指着食盒的手指还在颤抖。

"我……我怎么了？"我正问着，下一秒，他已经捂着嘴，冲了出去。

我茫然地看着他冲出去的方向，又看了看周围还没完全离去的同学们，一脸茫然。

那天接下来的时间，我没有再见到伊恩，据说他请假回家去做祷告了。

任务3：接近"病娇美少年"约书亚，了解他最后一次和薇薇亚见面的情形，并且找到他身上的那张残图。

角色设定：神经病友哈娜娜，传说也能听到身边所有东西说话。

"娜娜，你知道刚才飞过去的那只鸟对我们说了什么吗？"
"嗯？"刚才有飞过去鸟吗？
"我没注意啊！"
我最近被约书亚的唠叨属性整得已经心力交瘁了。
"嘿嘿，它说明天要是有果子吃就好了。"
"每天虫子吃还不够，它还想要祸害果子？"我忍不住说。
而且，一只鸟明天能不能吃到果子，到底和他有什么关系？
……
"娜娜，书包妹妹说你今天装的东西太重了。"
"娜娜，空气真是太糟糕了，大树爷爷说他的哮喘又发作了。
今天我不让司机大哥来接我了，我们一起走路回家吧！"
"娜娜……"
"娜娜……"

救命啊！谁来带走这个唠叨的家伙，我快要受不了了！
再不把他拉走，我就真的要变成神经病了！

任务4：接近天使外貌的艾弗里，并且寻找薇薇亚失踪的真相。

角色设定：黑发黑眸的中国娃娃罗程程

如果说约书亚的美是易碎的水晶，那么眼前的艾弗里，便是花田里朝阳的向日葵。
看到我的脸，他漂亮的凤眼弯成妖异的角度，琉璃色的眼眸中瞬间闪过一道光芒，随即，他惊叹道："漂亮的中国娃娃！"

虽然早就知道他喜欢中国娃娃，但是听到他这么直白的赞扬，我还是忍不住一愣，半晌才回过神来，羞怯地回答："谢谢。"
艾弗里的眼中立刻又闪过一丝异光。他退后几步打量我，突然轻捏着自己的下巴笑了起来："从今天开始，你就是我的贴身侍女了，以后负责我的衣食住行！"
"啊？"刚刚还想着该怎么进入他的房间，这样的美差就落到了我的头上。
难道我在经历了特洛伊和伊恩那一系列的倒霉事情以后，终于转运了？事实的真相正向我逼近吗？

最终章

到底谁才是让薇薇亚失踪的真正凶手？

一切真相尽在莎乐美『花样特工』系列之——

《圣夜蔷薇纸偶》！

Fabulous Agent
"花样特工"系列之
圣夜蔷薇纸偶
Tales Of The Holy Rose

X特工大事件二
寻找"希洛男爵假面"！

执行特工：葛蕾娅

镜中的少女有着微曲的栗金色长发，琥珀色的瞳孔，眼角上挑，上扬的眉梢显得英气勃勃，上薄下厚的嘴唇带着淡淡的樱红色。由于有各四分之一的德国与拉丁血统，所以有着较为立体的五官，以及挺拔的身形。

我叫葛蕾娅，今年17岁，除此以外，我还有一个秘密的身份哦！想到这儿，我对着镜中的自己眨了眨眼睛，并且比出了一个"嘘"的手势，神秘地说："这是个秘密。"

代号特长： 二次元"脱线"妹＋吊车尾特工学员＋幸运少女

搭档助手： 杜弗格（完美主义＋"遇到葛蕾娅就是衰"星人）

任务1： 抓住社团头号公敌——希洛男爵假面，以学生身份潜入学院，掩人耳目，不能暴露特工身份。

圣·玛丽二年级，课间时分，我和杜弗格随着胖胖的班主任走进教室。

我大声地说："我叫葛蕾娅，不是来交朋友的！更不要以为我来这里是学习的，我可是带着任务来的！不要问我是来执行什么任务的，我是什么都不会说的！但是我要奉劝躲在背地里的鼠辈，你们就算躲得再好，再狡诈狡猾，都会被我抓出来的！"为了配合自己的话，我对着空气隔空一抓，好似很有气势一般。

我介绍的很好吧？带着一种邀功的心理，我转过头，对着杜弗格做出一个翘大拇指的动作，等待着他的表扬。

没想到杜弗格捂着额头低着头，那样子好像在说：我不认识她。

亲爱的，说好的隐藏身份呢？

任务2： 未知……

我深呼吸好几次，告诉自己要冷静，要冷静，然后徐徐展开任务卡，在心里默读起来：

学院葛蕾娅：这是你加入X社团以来的第一次正式任务，所以组织上决定派你……

我屏息凝神，怀着激动的心情往下看……可就在这时，一个黑影突然从天而降。

一阵风刮过，屋外的的树木迎风起舞，乌云被吹散大半，清冷的月光洒下来，用柔和的光线照亮阳台。黑白相间的地砖上，一个身形修长的男子半卧在地面上，月光照亮了他的脸，银色的半脸面具反射着柔和的月光，高高的鼻梁与性感的唇在银色面具的掩映下，显出几分动人心魄的妖冶。

"希洛男爵假面！"我忍不住低呼起来。

他伸出佩戴白色手套的食指，在唇前比了个"嘘"的动作，然后一阵咳嗽，吐出一口鲜血来！

我大惊失色，瞪大了眼睛盯着希洛男爵假面，好半天才反应过来："你……你受伤了！"

他浅浅地一笑："没什么大不了的。"于是，一切都安静了下来……

随着一声响，阳台上冒起了一阵黑烟。

就在此时，我脑海里浮现出一句话：以上内容为高度机密，30秒后将自动爆炸销毁。

呃，任务卡的内容我还没看的……

水雾蒸腾的室内，极大的落地窗被欧式的白色宽边褶皱窗帘遮蔽，宽敞的皇家木质高脚长几上，摆着鲜艳的玫瑰。而那水汽的中心，就在通风管道口的正下方。

我定睛看去，首先可以确定的是，那是一个豪华而巨大的欧式浴缸，洁白的釉子，金灿灿的金属部件，还有暄腾腾的泡沫，以及一个裸露上半身、肢体修长、身形结实的美男子！

oh my god！这竟然是幅华丽的美男出浴图！

我被吓得魂不附体——长这么大，我头一次看到如此香艳的美男出浴画面啊！

随即，我便掉进了水中。

突如其来的水花四溅，使得我有种错觉，感觉自己掉进了游泳池！

我吓得胡乱扑腾，扑腾了一会儿，就感觉背后被谁提了一把，我便被人抓着后领子拎出了水面。

"葛蕾娅？你怎么在这里？"

我连忙伸手抹去脸上的水，看向声音的来源。

只见浴缸中的男子，体形优美，皮肤白皙，高鼻深眼，睫毛还很长，修剪整齐并且茂密的头发微微被打湿，轻轻搭在饱满漂亮的额头上，挺拔有型的身体上，那八块腹肌逐渐隐没在水线以下……在他此刻正满脸疑惑地看着我——这个人不是道格泽也还能是谁？

"道，道，道，道格泽也！"我吓得就快咬掉自己的舌头了。

终极任务：头号嫌疑人道格泽也究竟是不是希洛男爵假面呢？

真相只有一个！

敬请关注莎乐美"花样特工"系列之——《希洛玫瑰男爵》！

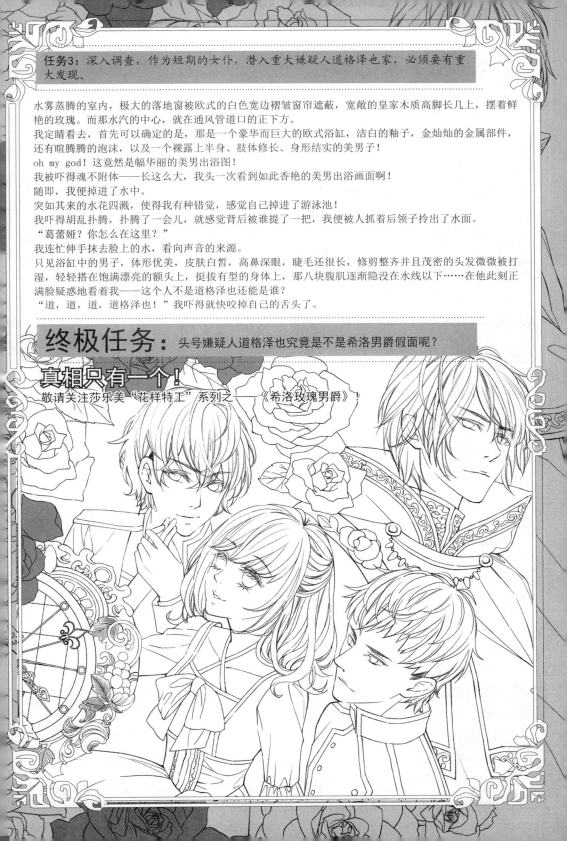

"吃货"巧乐吱
跟编辑的日常

又名：如何从一个拖稿严重的家伙手中拿到"人间愿望司"系列全稿！

月黑风高的夜晚，编辑我拉好窗帘，藏在办公室的角落里，默默翻着自己的百宝柜。

小皮鞭？
不好，《上古萌神在我家》的时候已经用过了。

舒芙蕾？
好像《蜜炼甜心抱抱熊》的时候已经投喂过了。

抹茶慕斯？
"白痴吱"好像最近挺喜欢吃抹茶味的，如果拿出我心爱的抹茶慕斯，这家伙能给我"人间愿望司"系列的稿子吧？

编辑小心地拿出一点点，还没焐热乎呢，一个黑影就闻着味道过来了，说话间已经跳到了编辑身边："抹茶，抹茶！嗷呜！抹茶慕斯的味道！"
……
鼻子要不要这么灵啊？"白痴吱"你其实是属小狗的吧？
编辑仗着身高优势，一只手高高举起抹茶慕斯，一只手朝着面前就要流口水的人摊开："说好的'人间愿望司'呢？要知道，我可是在你最爱的那家蛋糕店专门定做的……"
"有有有，我已经写完大纲啦！第一部《彩虹里的夏洛特》都已经完稿啦！"
真的吗？这个家伙不会又是骗人的吧？

编辑狐疑地接过"白痴吱"的笔记本电脑，却发现上面一片空白！编辑愤怒地抬头，发现随手放在一边的抹茶慕斯已经被人吃进了嘴巴里，对方吃完大手一挥，跑掉了！
"哈哈哈，谢谢招待。我早就把文件发到编编邮箱啦，只是你太笨啦！我下次要吃抹茶曲奇！"
……
巧乐吱的编辑，卒。

在编辑疑似脑溢血的情况下，巧乐吱的"人间愿望司"系列终于出现！
《彩虹里的夏洛特》&《暖阳里的拉斐尔》

即 将 重 磅 出 击 ！

"人间愿望司"系列第一部《彩虹里的夏洛特》

内容简介：
彩虹学院的校花是姐姐甄美好，彩虹学院的"笑话"是妹妹甄美丽。一切只因为，甄美丽是个不讨人喜欢的大胖子！怎么办？丑小鸭也要逆袭！而且老天还免费送来了一个"神队友"——自称发明家的夜流川！所以，体重有问题？没问题，有吸脂肪的夏洛特。学习有问题？没问题，有能报答案的答案机。至于心理问题……还有夜流川亲自上阵来搞定！
可是，等一下！为什么连喜欢的学长也中招，温柔的面具都给扒下来啦？更令人崩溃的是，居然还牵扯出了他跟姐姐的一系列纠葛，学长光辉的形象都轰然倒塌了！
不是我甄美丽的逆袭史吗？怎么变成"拆台史"啦？剧本是不是拿错了？

编辑：除了完美姐姐甄美好，拒不承认我可能是其他人。

"白痴吱"：哦，你美你说了算……

《暖阳里的拉斐尔》 "人间愿望司"系列第二部

内容简介：
打着"寻找恩人"主意的元气少女苏若暖，从踏进彩虹学院的那一秒就变成了麻烦吸引器！更倒霉的是，她随手打的一次差评竟招惹了超可怕的"黑脸魔王"柏圣琦！
长得好看了不起啊？会切换"人生模式"了不起啊？怎么还能把她变成专属试验品，每天都强行让她接受各种"意外惊喜"呢？走开啦大魔王！
不放弃的苏若暖一边跟柏圣琦斗智斗勇，一边继续她的寻人计划！但那个挽救她家庭幸福的恩人究竟是谁呢？是身为财阀继承人的病弱少年林晨，还是傻瓜王子夜流川？总不至于会是身边这个死死黏着她的柏圣琦吧？
救命啊！我苏若暖只是随手打了一次差评，怎么以后的人生都要跟这个冰山大魔王绑在一起啦？

编辑：打差评怎么会有这么大的连锁反应？

"白痴吱"：怪我吗？

当当当……

旋风挑战赛之
千面月神
来踢馆

来自非凡华丽家族的"千面月神"白小梦听说在遥远的爱丽丝学院有一个叫桔梗公寓的地方，那里面住着四位可以和茉莉学院传说中的三怪相媲美的人，而有一位名叫狄米拉的功夫少女，竟然搞定了那四个人当中最难搞定的处女座，被称为"旋风管家"……

"我白小梦第一个不服！"

于是白小梦驾临桔梗公寓，向旋风少女管家狄米拉发起挑战。

旋风挑战赛，现在开始！

主持人：先介绍两位选手。

白小梦

代表作：《非凡华丽家族之千面月神》
亲友团：白小梦领导的华丽家族和茉莉三怪。

狄米拉

代表作："星座公寓"系列《旋风白羊座管家》
亲友团：柏原熙领导的爱丽丝学院占星社和桔梗公寓四大美男。

主持人：旋风挑战第一项，请两位说出自己曾经攻克的最大难关。

白小梦：对千面魔女来说，世界上根本没有难关，我可以解决我遇到的每一个问题。（主持人：汗……）

狄米拉：世界上如果有比搞定一个处女座更大的难关，那一定是，和一个处女座住在一起。（主持人：你的痛，我懂！）

主持人：两位的回答大家都听清楚了。下面第二项，请列举出一个自己有但是对方没有的技能。

狄米拉：当然是功夫啦！（说完现场用腿连劈了三块木板，腿风差点扫平了主持人的泡泡头。）

白小梦：哼！这有什么，我华丽家族各个都身怀绝技，下面我为大家带来无道具表演变脸。（主持人：喂，110吗？这里有人会特异功能啊！）

主持人：唔，现场为什么有一股臭豆腐的味道？

（华丽家族亲友团白小萌：糟糕，小梦让我变出花香的，我变错了！）

主持人：好吧，前两项大家不相上下……最后一项挑战，我把手中的飞盘扔上天空，谁能够凭自己的本事抢到，谁就是今天的旋风女神！
（"咻！"飞盘脱手。）

主持人：哇哇哇！现在战况激烈，我们看到，飞盘以一个十分刁钻的角度飞到了十米高的空中，在它的下方，小梦和米拉的战斗已经进入了白热化阶段，而亲友团的比拼也是热闹非凡，小梦的忠实拥护者风间澈已经展开了十米长的加油横幅，而另一边的柏原熙也不甘示弱，给对方拉拉队翻出了难度100分的"世纪白眼"，九米，八米，六米……飞盘离地面越来越近，现在一道白光出现了！哇！我们今天的旋风女神就是……

白小梦：什么鬼？太丢人了，我要回家。

狄米拉：这难道不是一个严肃的挑战节目吗？结果为什么会是这样？我也要回家！

主持人：那个……这个……好吧……结果，已经出来，让我们恭喜飞盘最后的获得者……也就是今天的旋风女神……

史上第一萌犬——
阿白白◦◦◦◦◦◦

怪我吗？接飞盘不是狗狗的本能吗？

主持人：喂喂喂！大家都别走啊！广告还没打呢！
《非凡华丽家族之千面月神》和
"星座公寓"之《旋风白羊座管家》是可乐近期的新书哦！
大家走过路过不要错过！更多惊喜在书中等着你们！最后祝可乐新书大卖！